통증, 마음의 메신저

통증
마음의 메신저

이은영 지음

매일경제신문사

프롤로그

누구나 살면서 한 번쯤은 아픈 경험을 하게 된다. 몸이 아플 수도 있고 마음이 아플 수도 있다. 저자는 마취통증의학과 전문의로 20년간 진료하면서 주로 몸이 아픈 사람들을 치료해왔다. 여러 사람들의 통증에 관한 이야기에는 마치 드라마나 영화 같은 놀라운 일들이 많이 있었다. 오랫동안 통증을 견뎌야만 했던 많은 분들이 겪은 인생의 고통을 같이 공감하고 위로해주고 싶었다.

그런데 몸이 아픈 사람들과 소통하고, 통증의 원인을 알아내려고 면담을 하면서 느낀 점은 몸의 통증은 마음의 통증과 연결되어 있다는 점이다. 몸과 마음이 하나라는 말이 비과학적으로 들릴 수도 있지만 이미 과학적으로 입증된 부분이 있다.

그리고 여러 통증의 이야기 속에 저자의 아픈 이야기들도 비밀스럽게 써내려갔다. 마치 저자의 일기장을 공개한 것 같은 느낌이 들어서 한편으로는 부끄럽다는 생각이 든다. 그러나 마취통증의학과 전문의라는 조금은 특이한 직업으로 일반인들이 경험할 수 없는 다른 사람들의 이야기를 공유하고 싶었다. 세상은 혼자 살 수 없고, 서로 도움을 주고받는 것이 살아가는 이치이기 때문이다.

통증은 눈에 보이지 않지만, 아픈 원인은 반드시 존재한다. 그런데 바쁜 일상을 살아가는 우리는 도와달라는 몸의 신호를 그냥 지나쳐버리기 쉽다. 이러한 작은 신호들을 방치하면 어느 날 큰 질병으로 찾아오기도 하고, 몸의 구조를 동반한 만성 통증으로 바뀌기도 한다.

그동안 많은 분들이 적절한 치료 시기를 놓치고 만성화된 통증이 치료가 안 되어 고생하는 것을 경험했다. 통증이 만성화되면 삶의 질이 떨어지고, 정신적인 우울감도 동반하게 된다. 그래서 저자의 통증에 대한 다양한 경험이 담긴 이 책을 통해 독자들이 간접적으로 이해하는 기회가 되기를 바라는 마음이다. 각자에게 이러한 통증이 생겼을 때 어떻게 대처하면 좋을지 도움이 되었으면 좋겠다. 그리고 궁극적으로는 여러분의 삶이 활기차고 행복했으면 좋겠다.

3년 이상 계속되었던 코로나의 어둠이 걷히고 이제 모든 것들이 조금씩 일상으로 회복되고 있다. 지인들과 자유롭게 식사를 할 수 있고, 극장에서 영화도 볼 수 있고, 해외여행도 가능해졌다. 코로나는 예전에는 미처 느끼지 못했던 작은 자유들이 얼마나 소중한 것인지 다시 한 번 느끼게 해준 시간이었다.

끝으로 이 책에 소개된 내용이 많은 분들에게 도움이 되기를 바란다. 의학적 지식은 물론이고, 책에 소개된 많은 통증과 관련된 일화들에 공감할 수 있다면 더할 나위 없이 기쁠 것이다.

진료실에서 이은영 드림

축하의 글

우리는 인생을 살면서 필연적으로 온갖 형태의 통증을 피할 수 없이 만나게 됩니다. 저자의 말처럼 통증은 몸에 발생한 이상을 우리에게 알리고, 그 진행을 저지해달라는 신호입니다. 무턱대고 참고 넘기다가 안 좋은 상황으로 악화되지 않도록 통증의 많은 원인들을 정확히 감별해서 조기에 해결하는 게 현명합니다.

저자가 전문의 자격 취득을 위해 전공의 수련과정을 수행할 때

섬세하게 환자 상태의 분석과 진단을 위해 노력하고, 수많은 환자를 가족처럼 진지하게 치료하던 모습이 생생합니다. 또한 저자는 이성적인 학문적 성취와 함께, 통증 치료에 중요한 부분인 환자를 전인적으로 이해하고 도와주려는 감성적인 성품이 풍부했습니다.

책에도 곳곳에서 가족과 지인들의 사례를 들어가며 개인적인 느낌과 경험을 쌓고, 일반 환자들도 가족과 똑같은 마음가짐으로 최선을 다해 진료하고 있다는 이야기들이 감동적입니다. 본인의 아들도 생활습관과 직장 근무 중 생긴 일자목 증상으로 저자의 병원을 찾아 정성이 깃든 치료를 받고 잘 나은 적이 있습니다.

저자는 절대음감을 지닌 음악성과 예술성을 갖추고 있어서 오랫동안 기억에 남는데, 환자 진료에 완벽을 기하려는 모습이 아마 이러한 소양과 연관이 있지 않을까 생각됩니다. 그리고 이렇게 수십 년의 진료 경험을 모아 책을 낸 저자의 문학적 소양과 노력에 박수를 보냅니다.

이제 우리는 삶의 질을 높게 유지하며 건강하게 행복을 추구하는 시대에 살고 있습니다. 통증이 없다면 삶의 질이 높은 건 설명이 필요 없습니다. 국내 마취통증의학과 전문의의 저술로는 드문이 책을 통해 독자들이 인생을 살아가며, 혹시 다가올 여러 가지 통증의 발생을 사전에 줄이고, 조기 치료를 위해 적절히 대처하는 데 큰 도움이 되기를 바랍니다.

고려대학교 의과대학 마취통증의학과 교수 공명훈

목차

1장

통증은 우리 몸이 보내는
신호이다

1 통증은 눈에 보이지 않는다

50대 남성이 등이 아프다고 오셨다. 등이 아픈 지는 오래되셨는데 다른 병원에서도 특별한 원인은 발견하지 못했다고 했다. 척추 엑스레이를 찍어보니 특별한 이상은 없었고, 등 전체를 진찰했을 때도 심하게 아픈 부위나 이상을 발견할 수 없었다. 이런 경우 등이 아플 수 있는 내과적인 질환을 우선 생각해볼 수 있다.

심장이나 췌장에 이상이 있을 때도 등이 아플 수 있고, 복부 쪽의 대동맥에 문제가 있을 경우에도 등에 통증이 있을 수 있다. 그런데 한 가지 이상한 점이 발견되었다. 초진 환자라서 혈압 체크를 했는데 수축기 및 이완기 혈압이 128mmHg / 53mmHg이었다. 수축기 혈압은 정상 범위에 속했는데, 수축기 및 이완기의 혈압 차이가 75mmHg이나 나는 것이다. 보통 수축기와 이완기의 혈압 차이는 40~50mmHg이다. 그런데 이렇게 혈압 차이가 크다는 것은 심장의 기능에 문제가 있다는 증거이기 때문에 심장내과의 진료가 필요한 경우이다.

환자에게 심장초음파 등 정밀 검사를 해본 적이 있느냐고 여쭤보았다. 오랫동안 다니던 가정의학과에서 심전도 검사를 했는데 정상이라고 하셨다. 환자에게 혈압 차이가 심한 경우 발생할 수 있는 심장의 위험성에 대해 설명해주었다. 그리고 근처 대학병원 심장내과에서 정밀 검사를 하는 것이 좋겠다고 이야기했다. 그런데 환자는 심전도가 정상인데 대학병원까지 가서 정밀 검사를 받아야 하냐며 이해가 가지 않는다는 듯이 반문하셨다. 그리고 가지 않겠다고 하셔서 더 이상 설득할 자신이 없어서 그냥 가시라고 했다. 그런데 환자가 병원문을 나갔다가 다시 들어와서는 의뢰서를 써달라고 하셨고, 결국 의뢰서를 가지고 가셨다.

그 이후에 두 달이 지나고, 의뢰한 대학병원에서 이 환자에 대한 회신서가 왔다. 심장내과에서 초음파 검사를 했는데 승모판막

폐쇄 부전증(Mitral Valve Regurgitation)이 매우 심하다고 쓰여 있었다. 그리고 응급 수술을 위해 흉부외과로 전원했다는 회신이었다. 승모판막은 좌심방과 좌심실 사이에 있는 판막이다. 그런데 이 판막이 제 기능을 못해서 잘 닫히지 않으면 혈류가 좌심실에서 좌심방으로 역류하는 경우가 생긴다. 이럴 경우 호흡곤란이나 흉통, 등 통증 등이 생길 수 있다. 그리고 가족력을 보니 환자의 형이 이유 없이 급사했다는 내용이 적혀 있었다. 등골이 오싹했다. 이 환자도 이렇게 심장 초음파 정밀 검사를 하지 않았다면, 어느 날 갑자기 위험한 상황이 생길 수도 있는 일이었다. 일단 환자가 심장내과에서 진료와 초음파 심장 검사를 통해 승모판막 폐쇄 부전증을 알게 된 것이 너무나 다행이었다. 그리고 좋은 수술 결과가 있기를 기도했다.

일반적으로 등에 통증이 있을 때는 일차적으로 근골격근 쪽의 문제일 수 있다. 그리고 내장기관의 문제로 인해 아픈 경우도 많다. 심장이나 간담도, 췌장, 대동맥 등에 문제가 있을 때도 등 통증으로 증상이 나타날 수 있기 때문에 감별이 필요하다. 또한 대상포진이 발진으로 나오기 전에도 등 쪽에 심한 통증이 올 수 있다. 골프를 많이 치는 분들의 경우에는 골프 후에 다발성 갈비뼈 골절이 등 통증으로 오기도 한다. 드물게 심장이나 폐 수술 후 늑간 사이의 절개 때문에 늑간신경이 손상되어 등 통증이 나타날 수 있다.

수축기와 이완기의 혈압 차이가 커서 심장 문제를 알아낸 다른 환자의 이야기도 있다. 80대 여성으로 허리가 아파서 자주 오는 분이었는데, 내원하실 때마다 혈압을 재면 120mmHg / 50mmHg으로 수축기와 이완기의 혈압 차이가 매우 컸다. 그리고 허리나 목, 어깨의 주사 치료를 아주 소량만 해드려도 항상 힘들어하셨다.

보통 주사 치료를 할 때 생리식염수와 리도카인(Lidocaine)이라고 하는 국소마취제가 소량 들어간다. 그런데 80대 어르신이라 국소마취제는 거의 안 들어갈 정도로 아주 소량을 써서 치료해드렸다. 그런데도 주사 후에 많이 어지럽다고 하시고, 수축기와 이완기의 혈압 차이가 큰 것을 보고 심장 기능에 문제가 있을 거라고 추측되었다. 이분은 혈압 때문에 K대학병원 심장내과에 정기적으로 다니고 계셨다. 그래서 K대학병원의 외래 진료 예약이 한참 남았지만 빨리 가셔서 진료를 받으시라고 권했다.

한 달 후, 환자께서 아드님과 같이 내원하셨다. 저자의 이야기를 듣고 바로 K대학병원에서 진료를 받으셨다고 했다. 그런데 심장의 혈액을 공급하는 관상동맥 한 개가 90% 이상 막혀서 내원

당일 응급으로 막힌 혈관을 뚫어 스텐트(Stent, 좁아진 부위를 확장하고 유지하기 위해 사용하는 금속으로 만든 구조물)를 넣는 관상동맥 스텐트 삽입술을 받았다고 하셨다. 다행히 시술이 잘되어서 환자는 건강한 모습으로 다시 내원하셨다. 평소에는 나이도 많고, 남편도 없으니 이제 그만 살았으면 좋겠다고 말씀하시던 분이었는데, 그날은 원장님 덕분에 더 살게 되어 감사하다고 말씀하셨다.

21년 전, 저자가 모교 K대학병원에서 응급실 인턴을 하던 때였다. 일요일 아침, 응급실 당직을 마치고 지하철을 타고 퇴근하던 중이었다. 갑자기 어머니로부터 전화가 와서 황급히 받았는데 뜻밖의 충격적인 말씀을 하셨다.

"아이고, 큰일 났다. 이모부가 갑자기 심장마비로 돌아가셨다."

'마른 하늘에 날벼락'이라는 표현은 아마 이런 경우에 쓸 것이다. 당시 만 45세셨던 이모부께서 심장마비라니…, 도저히 믿기지 않았다. 머리를 망치로 맞은 듯한 느낌이었다. 아버지처럼 각별히 신경을 써주셨던 이모부께서 도대체 왜 돌아가셨다는 것일까? 그런데 나중에서야 사건의 경과를 듣고 상황을 이해할 수 있었다.

위암 수술 외과 전문의셨던 이모부는 S대학병원에 교수로 재직

하셨다. 위암 수술을 많이 하셨고, 위암학회에서 논문도 많이 쓰던 촉망받는 의사셨다. 학회에서 연구도 열심히 하셨고, 의과대학교 학생을 위해 강의도 열심히 하셨다. 그런데 외과의 특성상 수술이 길어지는 경우가 많았고, 수술 중에는 식사를 잘 못하셨다. 그러다가 수술이 끝나고 밤에 폭식하는 습관을 가지고 계셨다. 그래서 이모부는 180cm의 키에 몸무게가 90~100kg 사이의 비만 상태셨다. 이렇게 불규칙한 생활습관으로 40대 초반에 당뇨와 고혈압이 생겼지만, 과중한 진료와 수술 등은 피할 수 없었다. 그렇게 비만에 불규칙한 생활 패턴으로 지내시니 여기저기 몸이 아프다고 하셨다. 그리고 돌아가시기 몇 달 전 이미 한 번 쓰러지셔서 심장의 관상동맥 스텐트 시술을 받으셨고, 음식도 많이 조절하고 계신 상황이었다.

그런데 어느 토요일, 일본에서 위암학회가 있어 논문 발표를 위해 출국하셨고, 바로 다음 날 일요일 아침에는 우리나라의 G대학병원에서 위암학회가 있어 하루 만에 급히 귀국하셨다. 이렇게 바쁘게 이틀을 연달아 밤을 새면서 학회 준비를 하셨던 것이다. 그런데 일요일 아침, G대학병원에서 학회 진행 중 쿵 하는 소리와 함께 갑자기 이모부의 머리가 책상 위로 떨어졌다. 확인해보니 이미 심장이 멎은 상태였다. 같이 계셨던 의사들이 돌아가면서 심폐소생술을 몇 시간 동안 계속했지만 이모부는 결국 돌아오지 않으

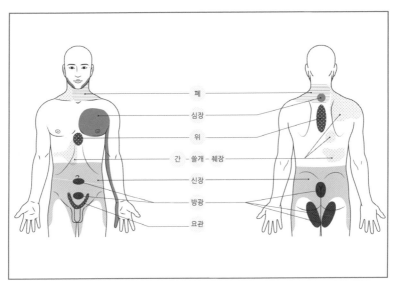

각 장기와 관련된 연관통

(출처 : 저자 제공)

셨다.

돌이켜 생각해보면 평소에 목, 어깨가 아프다고 말씀하신 것이 단순히 근골격계의 통증뿐만은 아니었을 것이다. 근골격계 통증과 더불어 심장과 관련된 연관통(질환 발생 부위와 통증이 느껴지는 부위가 같은 신경 분절에 속해 통증이 퍼지거나 전달되는 상태)이 같이 존재했을 것이다. 하지만 당시에는 아무도 생각하지 못했고, 그렇게 심장병의 진행을 알지 못했던 것이 안타까울 따름이다. 그리고 처음에 관상동맥이 막혀서 스텐트를 하셨을 때는 흉통과 목, 어깨로 연관통이 심하셨을 것이다. 그러나 심장의 마지막 혈관이 막히는 순간은 아마 통증을 느끼시지 못한 채 하늘나라로 가셨을 것이다.

통증은 어떻게 생각하면 우리가 살아 있다는 증거이다. 우리 몸의 어느 부분이 문제가 있으니 해결해달라는 신호인 것이다. 따라서 이런 우리 몸의 신호를 간과하지 말고, 통증의 신호에 귀를 기울여야 할 것이다. 만약 특별한 원인은 잘 모르지만 만성적으로 일정한 통증이 반복되고, 일상 생활습관이 불규칙하다면 진찰과 검사를 통해 통증의 원인을 찾아내는 것이 중요하다. 통증은 단순히 우리 피부에 상처가 났을 때 아픈 것처럼 가벼운 경우부터, 몸 속 깊은 곳 장기에 문제가 있는 경우까지 그 원인이 너무나 다양하기 때문이다. 그리고 우리가 인식하지 못하는 사이에 큰 질병으로 악화될 수 있기 때문이다.

원인이 없는 통증은 없다

어느 날 운동선수로 보이는 근육이 다부진 40대 초반의 남성이 팔꿈치가 아프다며 내원했다. 평소에 운동을 많이 하는데 최근 헬스장에서 팔 근육 운동을 많이 했다고 했다. 환자에게 왜 팔 통증이 왔고, 어떤 치료를 할 것인지 충분히 설명했다. 그리고 통증의 근본적인 원인 부위인 목, 어깨 치료까지 같이 해드렸다. 2회 치료 만에 환자의 상태는 많이 좋아졌는데, 자신이 H체육대학교 코치라고 소개했다. 그리고 자신이 관리하는 선수

중에서 아픈 선수들을 본원에 보내고 싶다고 했다. 그분의 소개로 H체육대학교 선수들이 여러 부위의 통증을 호소하면서 내원하게 되었다.

　그런데 H체육대학교 선수들은 평소에는 선수촌 안에서 계획된 운동을 수행하기에 바빠서 치료를 위해 내원하기가 쉽지 않았다. 주로 전국체전을 몇 주 앞두고 통증을 치료하러 왔다. 여러 선수가 치료를 받고 갔는데, 아직도 기억나는 선수가 한 명 있다. 주종목이 높이뛰기인 선수로 처음 내원했을 때 H체육대학교 2학년이었고, 작년 전국체전에서 3위를 기록했다고 했다. 그는 전국체전 경기 2주를 앞둔 어느 날 내원했다. 허리와 고관절이 아파서 경기 전에 통증 치료를 받고 싶어 했다. 항상 오른쪽 다리로 도움닫기를 하다 보니 주로 쓰는 오른쪽 허리와 고관절에 통증이 있었다. 그리고 엑스레이를 찍어보니 흉추와 요추의 측만증과 함께 양쪽 골반의 높이 차이가 심한 것으로 나타났다. 그 선수는 전국체전 전날까지 거의 매일 와서 치료를 받았다. 다행히 치료가 잘되어 경기를 무사히 치렀고, 성적도 전국 2위로 향상되었다.

　그렇게 전국체전이 끝난 후 내원하지 않다가 그다음 해에 똑같이 전국체전을 2주 정도 남겨놓고 다시 내원했다. 3학년이 된 그 선수는 실업팀에 입단해야 해서 이번 성적이 매우 중요하다고 했다. 그런데 전년도와 달리 통증이 너무 심했다. 그동안 통증이 계속 있었는데 연습 스케줄 때문에 치료를 계속 미루다가 통증이 더 심해졌다고 했다. 또한 3학년이고, 대학교에서의 마지막 체전에서 좋은 성적을 받아야 한다는 스트레스가 심하다고 했다.

그는 2주 동안 열심히 내원했고, 충분한 치료도 해주었다. 그러나 통증은 좀처럼 잡히지 않았다. 시합 전날까지 내원해서 치료했지만, 통증은 계속 남아 있었다. 그 선수는 진통제를 복용하면서 경기에 임하겠다고 했다. 저자도 많이 걱정되었다. 부디 경기를 잘 치러서 좋은 결과가 있기를 기도했다. 그런데 경기 당일 경기 결과표에 그 선수의 이름이 보이지 않아 확인해보니 실격 처리되어 있었다. 확인해보니 너무 아파서 경기를 아예 뛰지 못했다고 했다. 그의 아픔과 고통이 어떠했을까 생각해보니 너무나 안타까웠다. 그리고 경기에 임박해서 치료를 받기보다는 통증이 조금씩 있었을 때부터 관리하고, 치료도 받았으면 좀 더 좋은 결과가 있었을 텐데 하는 아쉬움이 들었다.

운동선수가 아니더라도 취미 삼아 운동하는 초중고 학생들도 통증을 호소하며 오는 경우가 많다. 태권도, 스피드 스케이팅, 발레, 방송댄스 등을 1년 이상 해온 분들을 보면 공통점이 있다. 대부분 한쪽 방향으로 허리와 다리를 많이 사용해서 척추와 골반이 틀어진다는 것이다. 몇 년 동안 취미로 태권도를 했던 학생의 경우, 오른발로 발차기를 많이 하다 보니 오른쪽 골반이 올라가 있다. 또한 스피드 스케이팅을 많이 탄 학생들도 한 방향으로만 회전하면서 중심축의 역할을 하는 한쪽 허리와 다리의 통증을 주로 호소한다. 발레를 오랫동안 해온 학생들도 주로 한쪽 방향으로 회전을 많이 해서 허리의 측만증과 회전하는 다리와 발목의 통증이 심하다.

그리고 업무상 특정 자세나 행동을 취해야 하는 분들이 있는데, 이런 경우 온몸의 근육을 골고루 균형 있게 쓰는 것이 아니라 특정 부위의 근육을 반복적으로 쓰게 된다. 이렇게 한 부위만 반복적으로 쓰게 되면 그 근육의 과사용으로 1차적 손상이 일어난다. 그리고 우리 몸은 1차적으로 손상된 부위를 덜 쓰게 하려고 다른 부위를 과사용하게 된다. 결국 1차 부위를 보상하기 위해 다른 부위에서 2차적 변형과 손상을 일으킨다.

20대 후반의 남자 환자가 왼쪽 가슴 통증으로 내원했다. 12년 전 고등학생 때 왼쪽 가슴에 기흉이 생겨서 집 근처 2차병원에서 왼쪽 폐에 흉관 삽입술(Chest Tube Insertion)을 받았다고 했다. 흉관 삽입술은 주로 기흉이나 폐 절제 수술, 심장 수술 후에 흉곽 안에 공기나 체액, 혈액이 축적되어 장기를 압박하는 경우 이를 개선하거나 예방하기 위해 시행한다. 보통 국소마취 후에 갈비뼈 사이를

1cm 정도 절개하고, 수술기구를 이용해 구멍을 뚫어 흉관을 삽입한 뒤 피부에 고정하고 배액통과 연결하면 시술이 끝난다.

이분은 당시 흉관 삽입술 후 기흉이 치료되어 흉관을 제거했다. 그런데 이후부터 흉관을 넣었던 부분에 계속 통증이 있었고, 12년 동안 이 통증 때문에 전국의 유명한 병원을 15군데 이상 다니고 CT와 MRI까지 다 찍었다고 했다. 그러나 특별히 문제가 발견되지 않았고, 그럼에도 통증은 여전히 사라지지 않았다.

본원에 내원 당시 환자는 흉부 엑스레이를 찍고 3개월 이상 치료했다. 그러나 통증은 쉽게 좋아지지 않았다. 그리고 더 이상 내원하지 않았다. 그리고 4년 후 어느 날, 환자가 내원했고, 그동안의 경과를 설명해주었다. 여러 대학병원에서도 특별한 치료 방법이 없어서 크게 낙담했다고 했다. 그러던 중 H대학병원 흉부외과에서 진료를 보게 되었고, 주치의에게 예전에 흉관 삽입을 했던 부분이 너무 아픈데 검사에서는 항상 이상이 없다고 하니 제발 그 부분을 절개해서 확인해달라고 하소연했다고 했다. 흉부외과 주치의는 사연을 듣고 환자의 절박한 심정을 느꼈는지 그 자리에서 바로 피부를 절개했다.

확인해보니 놀랍게도 16년 전에 삽입했던 0.5cm 크기의 흉관 조각이 발견되었다. 환자가 그때 발견한 흉관 조각을 촬영한 사진을 저자에게 보여주었는데, 순간 너무 놀랐다. "세상에 이런 일이!"라는 말이 저절로 나올 수밖에 없었다. 환자는 이 통증 때문에 16년 동안 여러 병원에서 정신이상자 취급을 받았다고 했다. 정밀 검사에서 아무 이상이 없는데, 왜 통증이 그토록 지속되는지 아무도 알지 못했다. 더군다나 이렇게 작은 흉관 조각이 몸속에 남아서 통증을 일으키리라고는 아무도 상상할 수 없었던 것이다.

그동안 수술 후 생긴 통증의 원인을 몰라서 너무 힘들었지만 이제야 원인을 발견해서 안도가 된다며 환자는 미소를 띠었다. 그러나 통증이 완전히 없어지지는 않았기에 혹시라도 남아 있을지 모를 조각을 찾아내기 위해 흉부외과 진료를 더 볼 예정이라고 했다.

통증은 잘못된 자세 및 생활습관, 과한 운동 등에서 시작된다. 그리고 우리 몸의 여러 가지 염증 반응들, 호르몬의 이상, 혈액순환 이상, 자가면역질환, 각종 장기를 침범한 암세포에 의해서도 올 수 있다. 따라서 통증의 원인을 쉽게 찾을 수 없는 경우, 전신의 상태를 체크해보는 것이 꼭 필요하다. 그리고 앞의 환자처럼 수술한 경력이 있다면 수술과 관련한 통증인지 확인하는 것도 의미가 있다. 그리고 우리 몸의 장기 상태 및 기능은 괜찮은지, 호르몬 상태는 괜찮은지 등을 1년에 한 번씩은 검사해보는 것이 좋다.

저자의 남동생은 중학생 때부터 농구선수였다. 운동선수는 매일 훈련하고 몸을 많이 쓰다 보니 동생은 항상 온몸에 통증을 달고 살았다. 농구라는 종목은 특히 계속 뛰어다니고 점프도 많이 하는 경기이다. 남동생이 프로 농구선수로 뛰던 시절, 여느 때라면 연습하고 있을 시간인데 갑자기 전화가 왔다.

"누나, 나 아킬레스건이 파열된 것 같아. 걸을 수가 없어."

수화기 너머 목소리에서 아킬레스건이 파열된 동생의 통증과 심적인 고통이 동시에 느껴졌다. 놀란 가슴을 진정시키고, 일단 가까운 병원에서 MRI를 찍어보고 상태를 정확하게 알려달라고 했다. 그리고 2시간 후에 다시 동생으로부터 연락이 왔는데 MRI를 찍어보니 아킬레스건이 완전히 파열되었다고 했다. 이런 경우 응급수술이 필요한데, 당시 저자는 수술 전문 병원에서 일하고 있어서 대표 원장님께 전후 사정을 설명드리고 남동생이 아킬레스건 재건수술을 바로 받을 수 있도록 했다.

마취통증의학과 전문의인 저자는 아킬레스건 재건수술을 위해 필요한 척추 마취를 남동생에게 직접 했다. 매일 직업적으로 시행하는 마취였지만 갑작스런 사고로 이렇게 응급수술을 위한 마취를 동생에게 직접 하게 되니 많이 긴장되었다. 마취 후 수술방 안에서 수술이 끝날 때까지 수술 상황을 지켜보았는데 눈물이 계속 나와서 매우 힘들었다. 2시간 남짓 걸린 수술 시간이 마치 온종일

처럼 느껴졌다. 수술은 잘 끝났고 재활훈련도 계속했지만, 결국 남동생은 그 이후로 프로 농구선수 생활을 계속할 수 없게 되었다.

예상치 못했던 사건을 겪으면서 의문과 아쉬움이 머릿속을 떠나지 않았다. '저렇게 아킬레스건이 완전히 파열되었을 정도면 평소에도 통증을 심하게 느꼈을 텐데…. 통증이 조금 있었을 때 미리 검사하고 치료했더라면, 이렇게 완전히 파열되는 상황은 막을 수 있었는데….' 저자의 아쉬움을 뒤로한 채, 이후 남동생은 재활치료에 더욱 힘썼고, 제2의 삶에 도전하게 되었다.

이렇듯 허리, 목, 어깨의 일반적인 통증은 물론이고, 근육 인대가 완전히 파열되기 전까지 우리 몸은 무수히 많은 신호를 보낸다. 하지만 우리들은 대부분 이런 몸의 신호에 굉장히 무관심하다. 통증이 있어도 하룻밤 자고 나면 괜찮겠지, 약 먹으면 괜찮겠지 생각하다가 통증을 점점 키운다. 일반적으로 우리가 통증을 느낄 때 통증 부위가 통증을 일으키는 원인 부위와 일치하지 않는 경우도 많다. 오히려 통증 부위와 원인 부위는 다른 경우가 더 많다. 예를 들어 허리가 아플 때 허리 자체의 원인 때문에 통증이 올 수도 있지만, 목과 어깨의 1차적 구조의 틀어짐에 의해 2차적으로 허리 통증이 올 수도 있는 것이다. 이런 경우라면 목과 어깨도 같이 치료해줘야 근본적으로 통증을 치료할 수 있다.

여성이라면 난소나 자궁에 이상이 있을 때도 등이나 허리가 아플 수 있다. 소화기관이나 심장에 문제가 있는 경우에 등 쪽으로 통증이 오기도 한다. 그러므로 증상과 여러 질환 검사를 통해 통증을 감별해내는 것이 통증을 빨리 잡을 수 있는 지름길이다.

결론적으로 통증의 원인을 찾아내는 것은 결코 쉽지 않다. 따라서 원인을 바로 찾을 수 있는 급성 통증은 즉시 치료하는 것이 좋다. 만성 통증의 경우는 근골격계에서 오는 통증인지, 아니면 우리 몸의 장기의 기능이 떨어지거나 염증이 생겨서 오는 통증인지 구분하는 것이 중요하다. 만약 통증이 있다면 생활습관이나 통증을 일으킬 만한 원인을 한번 생각해보자. 스스로 통증의 원인을 찾아내기 어려울 때는 통증에 대한 경험이 많은 의료진의 도움을 받는 것이 좋다.

3 통증 초기의 약한 불편감의 신호를 놓치지 말자

       3년 전 코로나가 유행하기 시작하면서 전 세계 인들은 큰 어려움을 겪었다. 우리도 현재까지 마스크를 착용하고 있고, 일상생활도 여러 면에서 제한을 많이 받았다. 일반적으로 코로나에 감염되면 발열, 인후통, 기침, 가래 등의 호흡기 증상을 많이 호소한다. 하지만 사실 코로나 증상은 호흡기뿐만 아니라 온몸에서 나타날 수 있다. 특히 저자는 주로 통증 진료를 하다 보니, 코로나 감염의 전후로 온몸의 통증 증상을 호소하는 분들을 많이 대하게 된다. 전신이 쑤신다든지, 예전에는 경미하게 아팠던 부위의 통증이 심해졌다는 분들이 많다. 예를 들면 가끔 뻐근했던 목이나 어깨가 심하게 아프다든지, 등 전체나 허리가 아프다는 등의 증상을 호소한다.

코로나 감염자뿐만 아니라 코로나 백신 접종 후 비슷한 증상을 호소하는 분들도 많다. 남녀노소 가리지 않고 코로나 백신 접종 후 온몸이 너무 피곤하고 힘들다는 분들도 상당하다. 그리고 코로나 감염 또는 백신 접종 후 면역력이 약해진 틈을 타, 우리 몸에 내재되어 있던 수두-대상포진 바이러스(VZV, Varicella-Zoster Virus)가 활성화되면서 대상포진 환자가 엄청 늘었다. 따라서 코로나 감염이나 백신 접종 후 며칠 있다가 대상포진이 생겨서 내원하는 분들이 매우 많았다. 이렇게 백신 접종 후 나타난 경우뿐만 아니라 근래에 계속된 피곤함과 육체적인 스트레스, 혹은 배우자와의 이혼, 가족의 사망 등 정신적인 스트레스로 인해 대상포진이 발생하기도 한다. 물론 일하느라 새벽까지 잠을 못 자서 수면이 부족한 젊은 직장인에게도 빈번히 발생한다. 최근 대상포진 감염 후 안면신경 마비까지 온 두 분의 환자 사례가 있는데, 오랜 기간 동안 치료했기에 기억에 남는다.

한 분은 구청에서 일하는 50대 환자분이셨다. 이분은 코로나 이후 구청에 자주 들어오는 민원을 처리하고 사람들의 하소연을 들어주느라 스트레스가 항상 심했다. 그리고 수면장애가 반복되면서 대상포진이 생겼다. 이런 경우 대부분 전조 증상으로 피곤함, 바늘로 찌르는 듯한 콕콕 쑤시는 통증, 타는 듯한 작열감 등의 증상이 나타난다. 그리고 전조 증상 후 1~2주 사이에 보통 수포가 생긴다.

안면 신경은 뇌에서 나오는 12개의 말초 신경계 중에서 제7뇌 신경에 해당한다. 이 신경은 운동성 섬유로 이루어지고, 안면 표정을 짓는 근운동을 조절한다. 이 환자는 대상포진 감염 후 바이러스가 안면 신경에까지 침범해 안면 마비를 일으킨 경우였다. 그리고 밤에 눈을 잘 못 감고 음식을 씹을 수 없는 상태였다. 더군다나 발생 초기에 한 달 동안 침 치료만 하셔서 치료의 골든타임을 놓치고 2개월째에 내원하셨다. 그래서 치료가 잘될지 확신하기가 어려운 상태였다. 그러나 다행히도 환자는 일주일에 4일씩 열심히 치료받으러 오셨다. 그렇게 6개월이 지나 외형상 눈과 입이 처졌던 것이 많이 회복되었고, 수면 시 눈을 감는 것도 정상적으로 가능하게 되었다. 하지만 음식을 씹는 저작 기능은 아직 완전히 회복되지 않은 상태로 치료를 계속하고 있다.

다른 한 분은 40대 초반으로 앞의 환자처럼 대상포진 감염 후 안면 신경 마비가 온 경우였다. 최근에 스트레스를 받은 일이 있었는지 물으니 6개월 전에 이혼을 했는데, 그 과정이 너무 힘들어서 잠도 못 자고 스트레스를 너무 많이 받았다고 했다. 다행히도 증상 발현 초기에 내원해서 2주 정도 치료하자 90% 이상 증상이 호전되었다.

우리 몸은 어떤 병이 나타나기 전에 항상 전조 증상을 보인다. 특히 대상포진은 대부분 전조 증상이 특징적이다. 그래서 대상포진을 한 번 경험한 분들은 전조 증상이 있을 때 빨리 내원해서 치료받고 단기간에 증상이 좋아지는 경우가 많다. 또한 우리 몸은

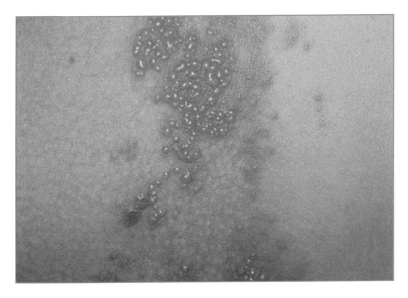

대상포진

(출처 : 구글 이미지)

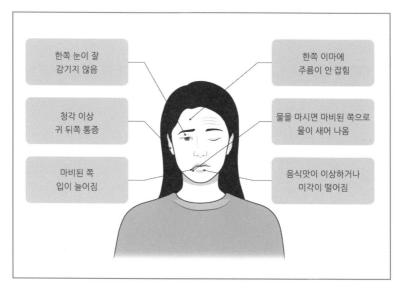

한쪽 눈이 잘
감기지 않음

한쪽 이마에
주름이 안 잡힘

청각 이상
귀 뒤쪽 통증

물을 마시면 마비된 쪽으로
물이 새어 나옴

마비된 쪽
입이 늘어짐

음식맛이 이상하거나
미각이 떨어짐

안면 신경 마비의 증상

(출처 : 저자 제공)

변화에 빠르게 적응하기 때문에 통증을 주는 몸의 신호나 불편을
주는 원인을 적절하게 치료하지 않으면, 우리 몸이 여기에 적응한
다. 이렇게 되면 우리 몸은 구조를 변형시키거나 더 강력한 신호
를 보내서 보상받으려고 한다. 앞의 대상포진의 통증처럼, 전조
증상을 알고 초기에 빨리 치료한다면, 훨씬 쉽게 통증에서 벗어날
수 있다. 하지만 전조 증상을 알아차리지 못하고 이미 수포가 여
러 군데 생기고 난 후에 치료를 시작하면 치료 기간도 오래 걸리
고, 통증도 매우 심할 수 있다.

비단 대상포진 통증뿐만 아니라 일반적인 통증도 마찬가지다. 흔히 경험하는 허리 통증이 생겼을 때도 괜찮겠지 하면서 업무가 바쁘다는 핑계로 치료를 미루는 분들이 많다. 그런데 이렇게 방치하면, 어느 날 허리뿐만 아니라 목, 어깨까지 통증이 오게 된다. 틀어진 허리 부분을 보상하려고 목, 어깨가 반대쪽으로 틀어지고, 이로 인해 목과 어깨로 통증이 오는 것이다.

그런데 문제는 이렇게 척추 전체가 아픈 상태로 내원하면, 통증이 어디에서 시작되었는지 알 수 없게 된다는 점이다. 그래서 치료의 원인 부위를 알기가 어렵고, 치료 기간도 오래 걸린다. 또한 시간이 많이 흘러 만성 통증으로 진행되면, 변형된 척추로 인해 우리가 흔히 아는 디스크나 협착과 같은 2차 질환이 나타날 수 있다. 초기에 잡지 못한 통증이 더욱 큰 질병으로 발전되는 셈이다.

골프가 대중화된 요즘, 골프 후 팔꿈치 통증으로 내원하는 분들도 상당히 많다. 팔은 평소 우리가 많이 사용하는 부위이기 때문에 팔 관련 통증은 쉽게 낫지 않는다. 예전에 어떤 지인은 팔꿈치 통증이 지속되는데도 골프 약속을 취소하지 못하고 계속 치다가 결국 인대가 파열되고 말았다. 물론 치료가 매우 어려웠던 경우다. 이렇게 인대가 급성으로 파열된 경우는 통증이 심할 뿐더러, 붓고 열감이 있어 밤에 잠을 이룰 수 없을 정도가 된다. 환자들이 매우 힘들어 하는 건 당연지사다.

모든 통증이 처음부터 큰 강도로 찾아오는 것은 아니다. 우리가 인지하지 못하고 있었을 뿐 통증은 여러 번 우리 몸에 신호를 보냈을 것이다. 평소 우리가 담이 왔다거나 뻐근하다는 식으로 표현하는 것도 약한 통증의 신호인 셈이다.

그런데 이런 약한 신호들은 처음에는 잘 인지하지 못할 수도 있다. 우리가 통증이라고 여기는 감각의 역치에 도달하지 못할 때, 예민하지 않은 사람이라면 알아차리기가 힘들다. 그러나 이런 약한 통증들이 반복되고 축적되다 보면, 어느 날 갑자기 우리는 심하게 아픈 통증에 맞닥뜨리게 된다.

통증이 심해지면 단순히 신호에만 그치지 않는다. 움직임이 불편할 때도 있다. 자고 일어났는데 목이 돌아가지 않는다, 허리가 너무 아파서 걸을 수가 없다고 하는 분들도 상당히 많은 편이다. 이분들은 평소 몸이 보내는 통증 신호를 무시하거나 방치했을 가능성이 크다.

물론 갑자기 운동을 많이 했다든가, 일을 무리하게 했다든가 하는 통증 발생의 여러 이유가 있을 것이다. 하지만 잘못된 생활습관이 우리의 몸에 통증이라는 형태로 변형되어 나타난다는 것을 알아야 한다. 또한, 이런 증상이 처음이 아니라 반복적으로 나타난다면 단순한 통증을 넘어서서 질병으로 바뀌어가고 있다는 사실을 명심해야 한다.

우리는 몸이 보내는 초기의 불편함을 무시하지 말아야 한다. 대신 왜 몸이 이런 신호를 보내는지 자세히 관찰해봐야 한다. 그래도 원인을 잘 모르는 경우에는 병원의 도움을 받을 필요가 있다. 초기의 원인 치료가 중요하기 때문이다.

앞의 여러 예시처럼 초기의 통증을 놓친다면 원래의 부위가 아닌, 다른 부위로 통증의 범위가 확대될 수 있다. 즉, 대상포진 후 신경통과 같이 통증의 강도가 매우 심해질 수 있고, 그러면 원래의 상태로 복구될 때까지 치료가 매우 어려울 수 있다. 초기에 치료하면 원래 상태로 돌아올 수 있었던 것이 방치로 인해 질병에 이를 수 있다는 것을 명심하자.

"아니 땐 굴뚝에 연기 날까"라는 속담이 있다. 꼭 심한 통증이 아니라도 우리 몸의 어느 부분이 불편하고, 여느 때와 다르게 느껴진다면, 그것은 바로 우리 몸의 어느 부분에서 연기가 피어오르고 있다는 증거이다. 그렇다면 연기가 어느 부위에서 피어오르고 있는지 관찰과 진찰을 통해 원인을 밝혀야 할 것이다.

4

통증 고리를 끊고 악순환에서 벗어나자

마취통증의학과 전공의 1년 차 시절 주말 당직을 서고 있을 때였다. 복합부위통증증후군(CRPS:Complex Regional Pain Syndrome)이라고 진단받았던 20대 여성분이 통증이 극심해 응급실로 내원했다는 연락이 왔다. 복합부위통증증후군은 보통 수술이나 외상 등 큰 충격에 의해 신경이 손상된 후 견딜 수 없을 만큼의 지속적인 통증이 나타나는 경우를 말한다. CRPS 통증의 정도를 점수로 매겨보면 통증이 없을 때를 0점, 죽을 만큼 아픈 통증을 10점으로 했을 때 거의 10점을 나타낼 정도의 통증이다. 따라서 CRPS를 겪고 있는 분들은 대부분 일상생활을 하기가 어렵고 잠자기도 어려운 상태이다. 또한 심한 우울증과 정신적인 고통도 같이 겪는다. 이런 통증이 있을 때는 일반 의원에서 치료하기가 어려운 경우가 많아서 치료 방법이 다양한 대학병원에서 치료를 많이 한다.

CRPS 환자의 경우 갑자기 시작된 통증을 조절하기 위해 수면마취로 쓰이는 프로포폴이나 미다졸람을 투여할 수 있다. 수면마취를 30분 내외로 하면서 통증의 악순환의 고리를 끊는 시도를 한다. 이런 과정을 거치는 동안 환자의 통증 고리가 끊어져 통증이 조절되는 분도 있고, 조절이 안 되는 분도 있다. 이런 약물을 이용해서 수면치료가 안 되는 경우 몸 안에 미세전류장치를 심어서 24시간 동안 전류가 흐르게 해 통증을 못 느끼게 하는 척수자극술(Spinal Cord Stimulation)이라는 방법을 쓰기도 한다. 이 시술은 복부나 등 쪽을 절개해 미세전류장치를 몸 안에 심고 전류를 계속 흐르게 해 본래의 지속적인 통증의 감각을 교란시키는 방법이다. 전공의 수련을 할 때 CRPS 환자들을 척수 자극술을 통해 종종 치료했는데, 효과가 다 좋은 것은 아니었다. 어떤 분들은 통증이 좀 좋아졌다고 했지만, 전혀 효과가 없다는 분들도 있었다.

앞의 20대 여성 환자는 처음에 축구공을 팔에 맞으면서 통증이 시작되었는데, 그 이후에 통증이 한 번 발생하면 잠을 자기 어려울 정도로 심했다. 나중에는 일상생활을 거의 할 수 없는 상태까지 이르렀다. 다행히 이분은 프로포폴 수면마취제로 통증 고리를 끊는 치료에 반응이 좋아서 한 번 치료를 받고 나면 통증이 좋아지곤 했다.

CRPS로 고생했던 기억나는 또 다른 환자가 있다. 남자 스님이었는데, 사고로 어깨 인대가 끊어져서 수술했지만, 그 이후에 어깨가 너무 아파서 일상생활이 불가능했다. 이분은 프로포폴 수면마취제로도 통증 조절이 잘 안 되어서 복부 쪽으로 미세전류장치를 심는 척수자극술 시술을 받으셨다. 그 이후에 통증 점수(VAS, Visual Analogue Scale Score)가 10점에서 5점으로 감소했고, 일상생활이 가능해졌다.

일반적으로 다치거나 염증이 생기면 통증이 생기고, 적절하게 치료하면 증상이 좋아진다. 만약 통증이 6개월 이상 지속되는 경우 만성 통증으로 따로 분류하기도 한다. 그리고 외상이나 골절이 동반되었을 때 신경이 직접 다치는 경우도 있다. 이렇게 신경에 직접적인 손상이 왔을 경우 비정상적인 신경회로가 형성되거나 회복 과정 중 다른 신경과 새롭게 겹쳐진다. 그래서 실제 환부는 좋아졌는데도 통증이 있다는 잘못된 신호가 척수와 뇌로 전달

되면서 계속 통증을 느끼는 경우가 있다. 이것은 환부의 통증 전달 정보가 척수 내 통증 전달 신경세포에 변형을 유발해서 나타나는 환부 교감신경계의 지나친 작용 때문이다. 이로 인해서 혈관이 위축되어 혈액순환 기능이 저하되고, 땀이 나며, 염증 물질이 지속으로 분비되어 통증 신호가 중추신경으로 전달되는 악순환이 일어나 통증이 계속되는 것이다.

어느 날, 새내기 직장인이 된 사촌동생에게서 연락이 왔다. 처음 하는 직장 생활 때문인지 몸이 너무 피곤하다고 했다. 직장이 멀어서 출퇴근이 힘들어 피곤할 거라고 생각하고 대수롭지 않게 여겼다. 그래도 혹시 모르니 건강검진을 해보라고 했다. 그리고 갑상선 혈액검사와 초음파도 추가로 해보라고 했다.

30대 초반의 별다른 병력이 없는 사촌동생이었기에 크게 걱정하지 않고 있었는데, 갑상선 초음파 검사에서 1cm가 넘는 종양들이 3~4개 발견되었다고 했다. 크기가 커서 조직검사가 필요한 상황이었고, 대학병원에서 조직검사와 갑상선 주위로 CT정밀검사를 실시했다. 조직검사상 종양은 악성으로 나왔고, 정밀검사에서도 갑상선 외에 목 주위의 림프절과 성대까지 암이 전이된 상태였다. 예상치도 못한 갑상선암 소식에 사촌동생뿐만 아니라 가족들도 모두 놀랐고 걱정을 많이 했다. 그리고 주치의와 상의 후 수술

날짜를 잡았다.

갑상선암이 아무리 '착한 암'이라고 불린다고 하지만, 이렇게 전이가 많이 된 상태에서는 쉽지 않은 수술이었다. 수술 범위가 컸기에 불가피하게 목 앞에 20cm 넘게 절개했다. 5시간이 넘게 걸린 수술 후 사촌동생은 이루 말할 수 없을 정도로 매우 아프다고 했다. 그리고 수술 후 2년까지 목과 어깨 통증으로 매우 힘들어했다. 항상 어린아이가 어깨에 올라타 있는 것 같다고 했다. 당시 저자도 마취통증의학과 전문의가 된 지 얼마 되지 않은 상태였기 때문에 수술 후 통증에 대해서는 경험이 많지 않았다. 사촌동생에게 일반적인 목, 어깨 치료를 해주었고, 다른 선생님들도 치료를 해주셨다. 그러나 통증의 큰 호전은 없었다.

그리고 사촌동생이 수술한 지 5년 이상 지나고 저자도 여러 학회를 통해 통증 공부를 더 깊게 하게 되었다. 임상 경험을 많이 하고 난 후에 사촌동생처럼 수술 절개 부위가 큰 경우 수술의 유착된 부위 자체가 큰 통증을 일으킬 수 있다는 사실을 알았다. 그 이후에 20cm가 넘는 유착된 수술 부위를 반복적으로 치료하고 나서 목과 어깨의 움직임이 좋아졌고, 통증 또한 좋아졌다.

수술 부위로 인한 통증에 대해 이야기할 때 떠오르는 인상 깊은 환자가 있다. 60대 여성이었는데, 등과 허리 전체가 아파서 오섰다. 여러 병원에서 치료를 다 받아보았지만 전혀 차도가 없다고 하셨다. 초진 환자라 수술 이력을 살펴보았는데, 15년 전에 다까야수 증후군(Diopathic Arteritis of Takayasu)으로 수술을 크게 받았다고 하셨다. 다까야수 증후군은 대동맥궁증후군으로 원인이 확실하게 밝혀지지 않은 자가면역 질환의 일종이다. 경동맥, 대동맥, 폐동맥 등에 혈관염증이 생기면서 혈관이 좁아지고 섬유화되는 무서운 병이다. 주로 여성에게 많이 발병하고 감기처럼 피로, 어지러움, 미열, 근육통 등의 간단한 증상부터 협심증, 뇌졸중 등의 위중한 상태가 동반되기도 한다.

이분은 증상이 심하셨는지 수술을 받으셨는데 다행히 그 이후 큰 문제는 없었다고 하셨다. 다만 등, 허리 통증이 심하다고 하셨다. 엑스레이를 찍어보니 대동맥 치환술로 혈관의 변화가 관찰되었고, 수술 부위를 확인해보니 가슴의 복장뼈 전체에 절개선이 있었다. 왼쪽 허벅지 안쪽과 팔의 상완부에도 혈관이식을 위한 수술로 인해서 절개 자국이 크게 있었다. 다른 병원에서 절개에 대한 유착 부위를 치료해본 적이 있으시냐고 물으니 따로 받은 적이 없다고 하셨다. 수술 유착 부위에 의해서도 통증이 유발될 수 있다고 설명해드린 후, 허벅지 안쪽과 팔의 수술 부위를 치료해드렸다. 환자가 다음에 내원했을 때 복장뼈 쪽의 수술 부위를 치료했고, 통증은 80%까지 호전되었다. 3회 치료를 받은 후 환자는 더 이상 내원하지 않았고, 전화로 확인해보니 통증이 90% 이상 좋아졌다고 하셨다.

양쪽 어깨와 팔까지 아픈 50대 남성이 내원하셨다. 몇 군데 병원에서 치료했는데 잘 낫지 않는다고 했고, 진찰을 해보니 초기 오십견 증상이 있었다. 일단 금일은 오른쪽 어깨만 치료하고, 왼쪽은 다음 번에 치료하자고 말씀드렸다. 이틀 후에 오셨는데 치료했던 오른쪽이 완전히 좋아졌고, 왼쪽 어깨는 오른쪽 어깨 치료 후 전혀 아프지 않으니 치료를 받지 않겠다고 하셨다.

이와 비슷한 경우로 공사장 현장에서 일하는 20대 남성이 있었다. 망치질을 많이 해서 양쪽 손바닥이 저리고 열감이 있다고 했다. 이 환자도 일단 오른쪽만 치료하고 귀가했는데, 다음 날 내원하지 않아 연락해보니 신기하게도 반대쪽까지 다 나아서 다음에 아프면 또 오겠다고 했다.

통증은 CRPS처럼 한 번 고리를 끊지 못하면 죽을 만큼 괴로운 통증으로 변질되기도 한다. 이로 인해 일상생활이 힘들 정도여서 인생의 고뇌를 야기하기도 한다. 반면 초기에 적절히 치료된 통증은 한 부위의 치료로 다른 부위가 같이 좋아지기도 하고, 빨리 호전되기도 한다. 또한 수술을 한 경우, 수술 부위의 유착이 통증이 시작되는 방아쇠 역할을 하기도 한다. 이런 경우는 수술 부위를 같이 치료하면 통증이 더욱 좋아질 수 있다.

5

호르몬의 감소로 통증이 생긴다

인간은 왜 늙어갈까? 여러 가지 원인이 있겠지만 호르몬의 감소야말로 노화의 가장 큰 원인이 될 수 있다. 남성이나 여성 모두 호르몬이 감소하지만 특히 여성은 폐경기 이후 몸에 큰 변화가 찾아온다. 30대 중반 이후 여성 호르몬이 감소하기 시작하면 특별한 원인이 없어도 여기저기 몸이 아프다고 호소하는 여성 환자들을 쉽게 만날 수 있다.

여성 호르몬인 에스트로겐은 항염작용과 면역억제작용이 있다.

따라서 폐경이 되면 염증 반응 및 면역반응의 증가로 급성 통증의 원인이 될 수 있다. 에스트로겐의 수용체는 우리 몸의 후근 신경절과 시상하부, 대뇌변연계, 신경세포에 모두 존재하기 때문에 인체의 신경계와 매우 밀접한 관련이 있다.

또한 에스트로겐은 척수의 통증 저해 경로를 활성화시켜서 우리가 느끼는 통증의 강도를 줄이는 작용을 하고, 내인성 오피오이드 시스템을 활성화시키는 중요 인자이다. 때문에 폐경으로 인해 호르몬이 급감하면서 골격계에서 느껴지는 통증의 강도가 급격히 증가한다.

에스트로겐은 관절과 연골의 성장을 촉진해 노화를 막는 역할도 한다. 연골, 인대, 활액낭을 포함한 전신의 모든 관절부에는 에스트로겐 수용체가 존재한다. 그리고 에스트로겐이 감소하면 골 파괴 속도가 생성 속도를 앞질러 급격하게 골 손실이 일어나고, 뼈의 밀도 및 강도가 감소한다. 20~30대의 젊은 연령에서도 영양 부족과 스트레스가 원인이 되어 호르몬 생성이 감소되기도 한다.

에스트로겐과 더불어 통증과 관련이 깊은 호르몬으로 부신피질 호르몬을 꼽을 수 있다. 부신은 우리 몸의 양쪽 신장 위에 위치해 있고, 3~5cm 크기에 5g의 무게로 피질 및 수질로 구성되어 있다.

부신수질은 부신의 안쪽에 존재한다. 그리고 우리가 스트레스를 받았을 때 가장 빠르게 반응하는 에피네프린(Epinephrine), 노르에피네프린(Norepinephrine) 등의 호르몬을 분비시킨다. 그래서 심박동, 혈압, 혈당, 근력 등이 증가한다. 그런데 스트레스가 지속되면 에피네프린이 계속 분비되는 것은 아니고 부신피질에서 다른 호르몬들이 반응하게 된다.

부신피질에서 분비되는 호르몬은 크게 콜티솔(Cortisol), DHEA(DeHydroEpiAndrosterone), 알도스테론(Aldosteron)으로 나눌 수 있고, 하는 일도 각각 다르다. 콜티솔은 스트레스 초기에 반응한다. 에너지 공급, 스트레스에 대항하고 항염증, 항알러지 반응을 가지고 있다. 우리가 아침에 자고 일어났는데도 기운이 없고, 두드러기 등 알러지 반응이 자주 일어나고, 통증이 만성적으로 있다면 콜티솔 호르몬이 부족할 가능이 높으니 확인해보는 것이 좋다. DHEA는 성 호르몬으로 남성 호르몬, 여성 호르몬 등으로 전환된다. 여성의 경우 스트레스가 많은 경우 DHEA의 생성이 감소하면서 월경이 감소하거나 끊어지는 경우가 있다. DHEA와 여성 호르몬의 감소가 일어나면 염증 반응이 증가하고, 통증에 대한 민감도 또한 증가한다. 실제로 DHEA가 감소된 환자들을 치료할 때 근육과 근막의 유착이 심한 상태를 관찰할 수 있다. 마지막으로 알도스테론은 수분과 혈압을 조절한다. 부족할 경우 어지러움증이 자주 생기거나 짜고 매운 음식이 당겨 나트륨을 끌어당기게 된다.

부신 호르몬은 일차적으로 정신적·육체적 스트레스를 받았을 때 감소된다. 체내에 독소들이 많을 때도 독소가 염증의 원인으로 작용하면서 기능이 많이 떨어진다. 또한 운동이 부족하거나 혹은 과한 경우에도 부신 호르몬이 감소할 수 있다. 카페인 과다 섭취나 변비가 심할 때도 그 기능이 떨어진다. 그리고 가장 큰 영향을 끼치는 것은 수면 부족 등 수면 습관이 안 좋은 경우이다. 밤 11시부터 새벽 3시까지는 우리 몸에 꼭 필요한 성장 호르몬과 멜라토닌이 분비되므로 이 시간에는 꼭 취침하는 것이 좋고, 수면 시간도 7시간 정도 가지는 것이 좋다.

60대인 지인의 어머니가 무릎과 허리의 통증으로 내원하셨다. 아프신 지 좀 오래되었다고 하셔서 타 병원에서 어떻게 치료받으셨는지 여쭤보았다. 허리와 무릎의 통증으로 3년 동안 일주일에 한 번씩 뼈 주사를 맞으셨다고 했다. 주사를 맞고 나면 좀 괜찮은 것 같다가 다시 아프기를 반복했고, 그러다가 얼굴이 붓더니 이제는 온몸이 너무 아프다고 하셨다.

과거 치료에 대해 들으면서 얼굴과 몸 상태를 유심히 관찰했다. 피부가 매우 거칠고, 온몸의 기운이 저하된 상태셨다. 스테로이드 주사를 장기간 맞으셨던 점 등을 종합해서 생각할 때 부신 피로가 의심되었다. 그래서 일단 부신 회복을 위해 영양치료를 하면서 내분비내과에서 호르몬 검사를 해보자고 권유드렸다. 일주일 후에 댁에서 가까운 대학병원 내분비내과에서 진료와 함께 호르몬 검사를 하셨는데, 부신 호르몬이 나오지 않는 부신 부전 상태라는 결과를 들었다고 하셨다. 이후 6개월 동안 부신 호르몬에 관련된 치료를 받고 나서 몸 상태가 많이 좋아지셨다는 이야기를 들었다.

과거에는 몸의 통증과 염증을 줄이기 위해서 흔히 뼈 주사라고 불리는 스테로이드 주사를 빈번하게 사용해왔다. 주사 투여 용량과 간격을 잘 지키는 경우 심각한 부작용은 잘 일어나지 않지만, 앞의 사례의 어머니처럼 자주 반복적으로 장기간 투여한 경우 여러 부작용이 발생할 수 있다. 일단 인대나 힘줄 주위에 스테로이드가 들어가면 그 부위가 약해지고 조직이 손상될 수 있다. 피부로 들어갈 경우에는 피부 위축으로 조직이 움푹 패일 수도 있다. 또한 관절염과 골다공증의 위험도도 높아지고, 고혈압과 당뇨도 유발될 수 있다.

장기간 스테로이드 주사를 맞을 경우, 부신 기능이 억제될 수 있다. 이것은 스테로이드가 시상하부와 뇌하수체에 신호를 보내서 부신 기능을 자극하는 호르몬이 생산되는 것을 중단하도록 만들기 때문에 발생하는 증상이다. 이러한 많은 부작용 때문에 요즘에는 통증 치료 시 스테로이드의 사용이 많이 줄어들고 있다. 대신에 재생이 잘 되는 PDRN(Polydeoxyribonucleotide) 등과 같은 다른 주사제로 많이 대체되고 있는 추세이다.

부신 기능이 저하되었을 때는 치료를 한다고 단시간 내에 기능이 올라오는 것은 아니고 최소 6개월에서 2년 정도 바른 생활습관을 갖고, 여러 영양소를 섭취를 했을 때 좋아진다. 일단 일상생활에서 충분한 휴식을 갖는 것이 좋다. 그리고 스스로 조절할 수 있는 스트레스는 줄이는 것이 좋다. 일과 운동을 너무 과하게 하지 말고, 산책을 자주 하는 것이 좋다. 설탕, 알코올, 카페인은 줄이고, 수면 시간은 7시간 정도 유지하는 것이 좋다. 도움이 되는 영양 성분은 에너지를 올릴수 있는 비타민C, 비타민B(1, 2, 3, 5, 6)군들, 마그네슘과 비타민D 등이 있다. 그리고 콜티솔을 끌어올릴 수 있는 감초 성분과 DHEA 성분이 들어있는 영양제도 도움이 된다.

이처럼 통증은 단순히 신체적인 구조의 이상에서만 오는 것이 아니다. 눈에 보이지 않는 호르몬과 영양소들은 우리 몸을 만들고 구성하므로 부족하거나 불균형이 생기면 구조의 이상이 없이도 통증이 생길 수 있다. 따라서 몸을 치료했는데도 통증이 잘 낫지 않고 지속된다면 호르몬의 이상은 없는지 꼭 확인해보자.

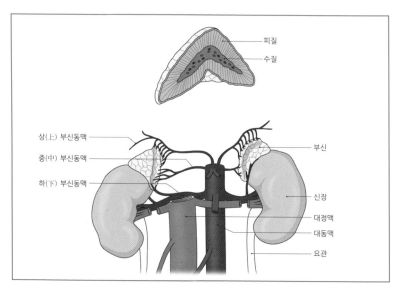

피질

수질

상(上) 부신동맥

중(中) 부신동맥

하(下) 부신동맥

부신

신장

대정맥

대동맥

요관

부신의 위치와 모양

(출처 : 저자 제공)

아무 일도 안 했는데 허리가 아프다면?

"오늘 허리가 아파서 내원하셨네요. 최근에 무거운 물건을 들거나 무리한 일을 하신 적 있으세요?"

"아니요, 원장님. 저 정말 아무 일도 안 하고 운동도 안 했어요. 그냥 아침에 일어나 세수하려고 허리를 숙이다 갑자기 삐끗했어요."

허리가 아파서 병원을 찾는 분들 대다수는 특별한 일이 없었는데 갑자기 허리가 아파서 오셨다고 한다. 이런 환자의 허리 엑스레이를 찍어보고 진찰해보면 대부분 쇠막대기처럼 허리가 뻣뻣하게 굳어 있다. 혹은 자신도 몰랐던 척추 측만증이 있는 경우가 많다. 즉, 본래 모양의 변화가 진행될 만큼 허리의 긴장도 유지가 오랫동안 지속되다가 우연히 통증이 유발될 만한 행동을 하거나 전반적으로 몸의 컨디션이 저하되면서 우리가 인지하는 통증이 나타나는 것이다. 허리 통증뿐만 아니라 목, 어깨 통증도 마찬가지이다. "잘 자고 일어났는데 갑자기 목이 안 돌아가고 뒤로 젖히기도 힘드네요"라고 말하는 환자가 많은데, 근래의 목, 어깨의 통증은 대부분 스마트폰의 과도한 사용이나 장시간의 컴퓨터 작업에서 기인한다. 이미 굳어진 상태에서 자고 난 후 통증이 드러난 것에 불과하다.

많은 사람들이 오래 앉아서 일하든지, 오래 서 있다든지, 오래 운전하는 등 몸을 혹사하며 산다. 원래 인간의 몸은 한 자세를 오래 유지하면 근육과 근막 등이 긴장한다. 그리고 그 사이로 지나가는 혈관, 신경들이 눌리면서 본연의 역할을 제대로 수행하지 못하게 된다. 하지만 이런 불편한 상태의 몸을 잘 인지하지 못한 채, 우리는 주어진 업무를 처리하기 바쁘다. 오래 앉아서 또는 서서 열심히 일하는 사람일수록 몸을 혹사하는 셈이다.

일차적으로 목, 어깨의 통증을 호소하는 분들의 엑스레이를 찍어보면 정상적인 척추의 커브와는 다른 모양을 가진 분들이 많다.

경추는 원래 부드러운 C자 커브로 되어 있지만, 현대인들은 장시간의 TV 시청, 스마트폰, 컴퓨터의 과사용 등으로 일자목, 거북목 등의 특징을 보인다.

흉추와 요추도 마찬가지이다. 정상적으로 척추는 앞에서 보면 일자 모양이지만, 옆에서 보면 흉추에서 후만 및 요추에서 전만의 커브가 그려진다. 그런데 요즘 사람들 대부분은 오래 앉아 일하는 시간이 많다 보니 척추가 한쪽으로 치우쳐 틀어지거나 후만 및 전만의 굴곡이 없어진다. 이런 이유로 흉추의 후만과 요추의 전만이 사라진 일자 흉추와 요추를 가지게 된 환자들을 자주 보게 된다. 이런 분들은 통증이 한번 오면 그 증세가 아주 심하다. 그리고 치료하고 증상이 좋아질 때까지도 시간이 오래 걸리는 편이다.

허리가 너무 아파서 남편이 업고 내원한 50대 여자 환자가 있었다. 작은 체구에 마른 여성이었다. 최근 사업 때문에 스트레스를 많이 받기는 했는데, 갑자기 걷지도 못할 정도로 허리가 아프다고 하셨다. 부축해가며 엑스레이를 찍어보니 흉추와 요추의 후만, 전만이 없어진 상태, 즉 흉추부터 요추까지 완전히 일자였다.

"허리가 많이 아프셨겠네요. 이전에도 허리가 자주 아프셨죠?"

"네, 고등학교 때부터 허리가 많이 아팠어요. 요즘에도 1년에 한두 번은 크게 아프네요."

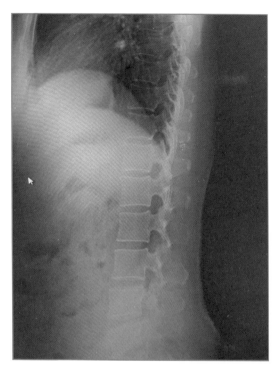

일자 모양의 척추. 등과 허리의 긴장이 장시간 유지되는 동안 흉추의 후만과 요추의 전만이 사라지고 뻣뻣한 일자 척추로 변형된다.

(출처 : 저자 제공)

엑스레이를 찍어보니 척추의 일반적인 S커브가 없어지고 흉추부터 요추까지 뻣뻣한 모양을 가진 일자 허리의 상태임을 알려드렸다. 그리고 나서야 환자도 왜 그렇게 통증이 심하게 왔는지 이해하셨다. 이분은 허리 통증이 2주가 지나서야 좋아졌는데, 1주일간은 남편분이 업고 다니셨다.

척추의 원래 모양이 이렇게 점진적으로 변화하는 데는 얼마나 시간이 걸릴까? 사람마다 생활습관, 일하는 시간, 운동, 영양 상태에 따라 퇴행 속도는 다를 것이다. 이러한 변화의 진행 과정을 스스로 인지하는 것은 쉽지 않다. 물론 자신의 몸 상태를 예민하게 항상 체크하는 분들은 통증도 더 빨리 느낀다. 하지만 대부분은 자신의 몸이 뻣뻣한 나뭇가지처럼 변하고, 약간의 충격에도 부러지려고 하는 그 찰나에 통증을 느끼게 된다. 자고 일어났는데 갑자기 목이 돌아가지 않거나, 세수할 때 허리를 삐끗하는 것처럼 말이다.

의자에 오래 앉아 공부하는 학생들에게서는 측만증이 많이 발견된다. 성장기 아동과 청소년들은 근육량이 적고 부드러워서 짧은 시간 동안에 잘못된 자세를 취해도 척추측만증이 일어나기가 쉽다. 뿐만 아니라, 아동·청소년기에 취미 삼아 한쪽 발만 사용하는 태권도를 오래 한다든지, 발레를 하면서 한쪽으로만 회전한다든지, 한쪽으로 계속 스피드 스케이팅을 연습한다든지 하면 척추가 틀어지게 된다. 초등학생인 저자의 딸도 책상에 앉아 있는 자세가 바르지 못해 항상 신경이 쓰였다. 그런데 최근에 척추 엑스레이를 찍어보니 흉추측만 각도가 11도였다. 그동안 다른 분들의 척추와 통증은 항상 치료하면서 정작 딸의 자세에는 신경 써주지 못한 것이 너무나 미안했다. 그리고 성장기 학생은 한쪽으로 지속적인 운동을 하거나 나쁜 자세를 취하면 어른과 비교해 자세의 변형이 빨리 온다는 것을 다시 한번 깨달았다.

아무 일도 안 했는데 갑자기 통증을 느낀다면, 자고 일어나서 목이나 어깨가 안 돌아가고 허리가 아프다면, 일상적인 운동이나 움직임에도 근육이 파열되고 찢어지는 통증이 발생했다면, 이것들은 다 어느 날 갑자기 생긴 통증이 아니다. 우리의 무관심과 무딘 감각 속에 통증이 숨어서 조금씩 자라온 것이다. 자기 전에 스트레칭을 할 때 좌우 통증이 다르게 느껴지는 부위가 있다면 일단 그곳을 눌러보는 자가 진찰을 해보기 바란다. 그리고 며칠 후에도 같은 통증이 반복된다면 병원에서 진찰을 받아보는 것도 좋은 방법이다. 목, 어깨, 허리가 심하게 아프지 않더라도 척추가 틀어져 있는지, 일자목은 아닌지 간단히 엑스레이 촬영으로 상태를 확인해두는 것도 좋은 방법이다.

운동을 하다가 다치거나 무거운 물건을 들다가 삐끗해서 유발되는 급성 통증은 적절한 병원 치료와 함께, 다친 부위가 충분히 회복되도록 휴식을 취하는 것만으로도 좋아질 수 있다. 그러나 특별한 원인이 없는 것 같은데 오랫동안 계속 어느 부위가 불편하고 통증이 느껴진다면 이것은 만성 통증일 가능성이 높다. 그런데 이런 만성 통증은 대체로 원인이 뚜렷하지 않다. 보통은 잘못된 생활습관, 평소에 자주 취하는 자세, 잘못된 식습관 등으로 서서히 몸의 변형이 진행되면서 생기는 경우가 많다.

우리는 항상 몸을 아끼고 소중히 여겨야 한다. 몸이 보내는 신호를 깨어 있는 의식으로 인지해야 한다. 일도 우리의 삶에서 중요하지만, 일하면서 취하는 패턴과 습관들 대부분이 우리 몸을 망가뜨리고 있다는 사실을 명심하자. 그리고 모든 통증이 우리 몸 안에서 조금씩 자라다가 몸의 상태가 안 좋을 때, 혹은 외부에서 자극이 주어질 때, 그 실체를 드러낸다는 사실을 기억하자.

7

발바닥이 아파서 여러 병원을
다녔는데 왜 낫지 않는 걸까?

　　　　　　20대 여성 환자가 왼쪽 발바닥이 아파서 내원
했다. 증상이 1년 정도 되었고 타 병원에서 족저근막염이라는 진
단을 받고 발바닥 쪽으로만 치료를 받았다고 했다. 그런데 환자의
체형을 보니 일반적으로 족저근막염이 잘 생기는 과체중이나 비
만이 아니었고, 많이 걷는 직업도 아니었다. 오히려 마른 체형에
운동도 잘 하지 않는다고 했다. 그리고 환자는 발바닥뿐만 아니라
허리도 아프다고 했다.

짚이는 바가 있어서 허리 엑스레이를 찍어보았다. 허리가 한쪽 방향으로 많이 틀어져 있었고, 골반도 좌우가 상당히 비대칭이었다. 이미 다른 병원에서 발바닥에 관한 주사 치료와 체외충격파를 충분히 하고 온 상태였다. 그래서 발바닥은 치료하지 않고 틀어진 허리 쪽에 신경주사 치료와 도수 치료를 병행했다. 이렇게 5회의 반복적인 치료 후에 통증이 90% 이상 좋아져서 치료를 마무리했다.

30대 초반의 건장한 남성이 운동을 시작하고 나서 갑자기 오른쪽 무릎과 발바닥이 아프다고 내원했다. 보통 운동 후에 급성으로 한쪽 다리에 통증이 오는 경우가 있다. 허리와 골반이 틀어져 있는 것을 인지하지 못하다가 운동을 많이 하고 난 후에 통증이 생겨서 알게 되는 것이다. 이 환자도 그러한 경우였는데 허리 엑스레이를 찍어보니 허리의 측만증이 심했다. 이런 상태에서 격렬한 운동을 하다 보면 양쪽 다리에 힘이 균형 있게 분산되지 못하고 한쪽 다리에 더 많은 충격과 힘이 실리게 된다. 그런데 일상생활에서는 큰 통증이 없어서 자신의 척추에 측만증이 있다거나 골반이 틀어져 있다는 사실을 모르고 있는 분들이 많다. 그러다가 우연히 격렬한 운동을 하거나 많이 걷고 난 후에 통증이 생기고 나서 여러 검사를 통해 척추측만증을 발견하는 경우가 있다.

보통 발바닥이 아프다고 하면 일차적으로 발바닥 내에서 그 원인을 찾아보게 된다. 그 위치에 따라서 원인을 생각해볼 수 있는데, 엄지발가락이 아픈 경우는 흔한 원인으로 무지외반증과 통풍이 있다. 통풍이 생기면 혈액검사에서 요산수치가 올라가면서 손을 댈 수 없을 정도로 빨갛게 부어오르고 심한 통증이 생긴다. 무지외반증은 엄지발가락의 제1발허리발가락 관절을 기준으로 엄지발가락이 두 번째 발가락 쪽으로 과도하게 휜다. 주로 신발코가 좁은 신발이나 하이힐 등의 굽이 높은 신발을 자주 신는 경우에 발생한다.

발바닥 앞쪽에 생기는 통증 중 가장 흔한 것은 발허리뼈(중족골) 통증이다. 발허리뼈가 길거나 발바닥의 지방패드가 위축된 경우, 아킬레스건이 짧아지거나 평발인 경우에 흔히 발생한다. 또한 발가락이 과하게 젖혀지고 굽이 높고 좁은 신발을 오래 신어서 2, 3, 4발허리발가락 관절에 생기는 지간신경통도 발바닥 앞쪽의 통증 중 하나이다.

종아리뼈의 기능이 떨어지면 발바닥의 바깥쪽이 아플 수 있다. 발배뼈가 불안정하면 발바닥 아치가 있는 안쪽이 특별히 아픈 경우도 있다. 아킬레스건염이라고 불리는 통증처럼 발꿈치에 있는 발꿈치뼈가 아픈 경우도 있다. 이런 모든 통증은 단지 발바닥의 문제는 아니고 발바닥과 연관된 뒤정강근, 긴종아리근, 짧은종아리근 등의 종아리와 연관된 근육들이 단축되거나 약해진 경우에도 생길 수 있다. 그리고 걷는 자세가 잘못되었거나 스트레칭을 하지 않아 통증이 생기는 경우가 대부분이다.

발바닥에도 다른 신체 부위처럼 지방층이 존재한다. 나이가 들수록 이 지방층이 얇아지는데, 이를 발바닥 지방패드 위축 증후군이라고 한다. 지방층이 얇아지면 당연히 보행 시 지면으로부터 받는 충격을 완충할 수 있는 지방이 없으므로 상당량의 충격을 뼈가 흡수하게 된다. 따라서 발바닥이나 뒤꿈치 쪽으로 통증이 올 수 있다.

아침에 일어나 첫 발을 디딜 때 아팠다가 많이 걸으면 통증이 줄어드는 족저근막염과는 달리 지방패드 위축 증후군은 많이 걸을수록 발바닥이 더 아프다. 보통 건강한 사람의 발바닥 지방패드는 1cm 정도 된다. 그런데 30세부터 퇴화되기 시작해 심하게 얇아진 분들은 1~2mm인 분도 간혹 있다. 또한 노화뿐 아니라 당뇨나 류마티스 질환이 있는 분들은 더 빨리 위축이 올 수 있고, 간혹 발바닥에 스테로이드 치료를 하신 분들도 위축이 빨리 올 수 있다. 현재 이에 대한 치료는 뚜렷하게 정립되어 있지 않은 상태이다. 보통 충격을 완화해주는 실리콘 깔창을 깔거나 발바닥에 테이핑 요법을 함으로써 통증 조절을 할 수 있다.

또한, 복부에 코어 근육이 있듯이 발바닥에도 코어 근육이 존재한다. 바로 발바닥 안쪽에 있는 내재근(다열근)들이다. 내재근도 나이가 들어감에 따라 약해지고 근육량이 줄어든다. 내재근이 약해지면 발바닥 안쪽의 아치가 낮아져 평발로 변형되거나 발의 볼이 넓어지게 된다. 따라서 복부의 코어 근육처럼 발바닥의 내재근도 운동이 필요하다. 구체적인 방법은 발가락을 구부리지 않고 윗몸 일으키기를 하듯이 발바닥을 구부렸다 폈다 반복해보는 것이다. 내재근이 쪼일 정도로 긴장이 느껴질 때까지 반복하는 것이 좋다. 이러한 발바닥 내재근의 운동은 모든 발바닥 통증을 없애는 것은 아니지만 꾸준히 반복하면 근본적으로 발바닥 근육이 강화된다. 그리고 앞에서 열거한 여러 가지 발바닥 관련 통증들이 쉽게 오지 않는다. 이렇게 발바닥 통증의 원인은 발바닥부터 발목, 종아리, 허벅지, 척추의 문제로까지 볼 수 있다. 원인이 어느 부위에 있는지에 따라 발바닥부터 허리까지 다양하게 치료할 수 있다.

발바닥 통증과 더불어 발에서 흔하게 볼 수 있는 통증이 발목 통증이다. 대부분 걷다가 접지르거나 계단이나 산을 오를 때 꺾이는 경우가 많다. 발목은 주로 안쪽으로 꺾이면서 바깥쪽의 인대가 손상되는 경우가 흔하다. 이런 경우 발목을 안정적으로 잡아주는 발꿈치종아리인대와 앞목말종아리인대가 늘어나거나 찢어질 때가 많다. 한 번 손상되면 그 부위의 인대는 약해지고 늘어져서 더 벌어지기 쉬운 구조로 변형된다. 따라서 적절한 치료가 되지 않은 상태에서 빠르게 걷거나 운동하면 인대손상이 악화된다. 그리고 발목이 점점 불안정해진다. 심하면 연골의 손상까지 생겨 만성적인 발목 통증을 일으킬 수 있다. 따라서 처음 발목이 꺾여서 인대손상이 왔을 때 즉시 치료해주는 것이 매우 중요하다. 일차적으로 초기에 냉찜질과 이후에 온찜질을 통해 염증을 가라앉히고, 약물 복용과 인대 강화운동을 병행해주는 것이 좋다. 그래도 여전히 발목 통증이 남아 있다면 가까운 병원에서 인대의 재생을 돕고 강화해줄 수 있는 주사 치료를 하는 것이 좋겠다.

발레를 전공한 30대 여성이 왼쪽 발목이 아프다고 내원했다. 초등학생 때부터 발레를 했고, 고등학생 때 연습하다가 왼쪽 발목을 크게 삐었다고 했다. 그런데 당시 병원에서 다른 치료는 받지 않았고 발목과 종아리에 깁스만 하고 연습을 계속했는데, 10년 이상 지나도 발목이 계속 아프다고 했다. 진찰해보니 종아리뼈와 발등을 연결하는 앞목말종아리인대의 통증이 심했다. 초음파로 보니 염증 반응이 심했고, 잘 걸을 수 없는 상태였다. 다친 인대를 직접 치료한 적은 한 번도 없다고 했다. 환자에게 상황을 충분히 설명하면서 인대 재생 치료가 필요하다고 이야기했다. 처음

1~2회 치료 후에는 증상의 변화가 미미했는데 3회부터는 걷는 게 많이 편하다고 했다. 그리고 5회가 되었을 때 환자는 많이 편해졌고, 임신 계획이 있다고 해서 더 이상 내원하지 않았다.

군인의 경우 오랫동안 행군을 하고 난 후, 혹은 일반인이 운동화나 구두를 오랫동안 신고 난 후 발목 안쪽에 심한 통증이 올 때가 있다. 발 안쪽에는 발배뼈가 있는데, 어릴 때 다치면 성장기 때 뼈가 잘 붙지 않아 발배뼈 옆에 덧발배뼈가 간혹 있는 경우가 있다. 이런 경우 발목 안쪽의 복숭아뼈 밑이 튀어나와 신발이 닿는 것만으로도 염증과 통증을 일으킬 수 있고, 넘어지거나 발목이 꺾이면서 덧발배뼈와 연결되어 있는 뒤정강근이 잡아당겨지면서 통증을 일으킬 수도 있다. 이 덧발배뼈는 엑스레이 검사에서 쉽게 발견할 수 있고, 일상생활에 지장을 주지 않는다면 약물 치료 등으로 보존적인 방법을 쓸 수 있으며, 깔창 장치를 통해 뒤정강근의 안정화를 시켜줄 수도 있다. 그리고 이런 증상의 악화를 예방하기 위해 발목 안쪽에 말랑한 공을 끼워서 발뒤꿈치를 들었다 내리는 힐 레이즈(Heel Rasie) 운동을 하는 게 도움이 된다.

아침에 자고 일어났을 때 갑자기 발등이 아픈 경험이 한 번 쯤은 있을 것이다. 통풍은 엄지발가락에서 제일 흔하게 나타나지만 발등, 발목에서도 나타날 수 있다. 심하게 붉은 발적이 일어나고 그 부위가 매우 아픈 증상을 보인다. 또한, 류마티스 관절염이 있거나 오랫동안 발의 피로가 누적되어 퇴행성으로 발등의 뼈에 골극(Bony Spur)이 생성된 경우에도 통증이 나타날 수 있다. 그리고 종아리나 정강이에 있는 장모지신근, 장지신근 등을 많이 사용해 근육이 긴장되고 피로감이 있는 경우에도 그 밑에 주행하는 신경들을 압박하면서 발등 쪽으로 통증이 생길 수 있다. 마지막으로 발등에 있는 입방골, 주상골, 거골 등이 탈구되는 경우에도 발등 통증이 생길 수 있다.

이상으로 발에 나타날 수 있는 통증의 여러 원인들에 대해 살펴보았다. 우리가 보통 호소하는 발 부위의 통증은 원인이 항상 발에만 있지는 않고 그 상위의 정강이, 종아리, 허벅지, 허리 등 여러 부위에 있다. 우리 몸이 모두 유기적으로 연결되어 있기 때문이다. 우리가 엑스레이나 CT, MRI를 찍었을 때 조직의 이상 소견으로 원인이 발견되는 경우도 있지만 그렇지 않은 경우가 더 많다. 그리고 영상에서 이상 소견이 발견되었다고 하더라고 통증의 정도가 영상의 소견과 항상 비례하는 것은 아니다. 통증이 급성이고 손상 정도가 미미해도 통증은 심하게 올 수 있다. 반대로 손상 정도가 심각해도 통증이 거의 없는 경우도 있다. 따라서 만약 발바닥이 아프다고 하면 발바닥부터 허리까지 원인이 될 수 있는 부분을 모두 확인해봐야 할 것이다.

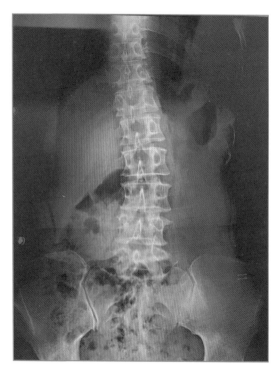

측만증의 허리. 측만증의 허리는 허리 통증뿐만 아니라 다리, 발목, 발등, 발바닥의 통증을 일으킬 수 있다.

(출처 : 저자 제공)

코로나 바이러스 감염 후에
온몸이 아프다면?

코로나 바이러스가 유행한 지 어느 덧 3년이 흘렀고, 감염되어본 경험이 있는 사람이 더 많을 것이다. 저자도 병원에서 여러 환자를 진료하다 보니 우연히 감염된 경험이 있다. 처음 5일 정도는 인후통이 심하다가 그 이후로 인후통은 완화되면서 잔기침이 한 달 정도 지속되었다. 그리고 부신 기능의 저하로 온몸에 기운이 없고 의욕이 없었다. 정상적인 컨디션으로 돌아오기까지 한 달 이상이 걸렸다. 초등학생인 딸도 같이 감염이 되

없는데 다른 증상보다도 39도 이상의 고열이 잘 떨어지지 않아 고생했다. 찬물로 온몸을 닦아주고 부루펜과 아세트아미노펜을 교차해서 복용시켰다. 그러나 3일 내내 열이 떨어지지 않아 정말 조바심이 났는데, 4일째 되던 날 38도로 떨어졌고 그 이튿날 체온이 37도로 떨어졌다. 답답했던 가슴을 쓸어내리며 안도의 한숨을 쉴 수 있었다.

코로나 바이러스에 감염된 후 회복 경과는 개개인의 면역 상태와 영양 상태에 따라 달라진다. 20대는 감염 후에도 증상이 없는 분들도 있고, 기저질환이 있는 60대 이상의 분들은 증상이 두 달 이상 가는 경우도 있다. 저자의 70대 부모님도 작년에 코로나에 감염되셨는데 기저질환이 없는 어머니는 2주 만에 모든 증상이 좋아진 반면, 고혈압과 심방세동의 기저질환이 있는 아버지는 폐렴까지 와서 증상이 좋아질 때까지 두 달 정도 걸렸다.

코로나 바이러스가 우리 몸에 침입했을 때는 어떤 반응이 일어날까? 코로나 바이러스가 우리 몸에 침입하면 바이러스를 제거하기 위해 일종의 염증 반응을 동반한 면역반응이 일어난다. 이때 백혈구도 활성화되고, 혈액에 함유된 면역 단백의 하나인 사이토카인(Cytokine)이라는 물질이 나온다. 이 물질은 바이러스뿐 아니라 우리 몸의 여러 부위를 공격한다. 그리고 그 부위의 염증 반응과 통증을 동반한다. 즉, 폐나 심장, 신장, 근골격계, 신경 등에 모두 영향을 줄 수 있는 것이다.

코로나 바이러스에 감염되었을 때 가장 먼저 나타나는 증상 중 하나가 호흡기 증상이다. 발열과 인후통, 기침과 가래는 바이러스 감염의 일반적인 증상이다. 특히 인후통이 매우 심해 가래가 다 없어져도 마른기침이 오래 지속되는 것이 특징이다. 코로나 바이러스가 기관지 점막을 침범하면 염증 반응이 생기면서 점액질이 뭉쳐 가래로 나온다. 그리고 가래를 뱉어내기 위해 기침이 나온다. 그런데 가래가 다 없어져도 마른기침이 계속 나오는 것은 기관지 점막이 예민해져 있기 때문이다. 즉, 점막이 예민해져서 평소에는 반응하지 않는 아주 미세한 바람이나 자극에 반응하기 때문에 기침이 계속 나오는 것이다.

코로나에 감염되면 수분을 충분히 섭취하는 것이 좋다. 수분을 많이 섭취함으로써 열을 내리고 끈적한 가래를 최대한 묽게 만들어 배출을 용이하게 만드는 것이다. 또한 가래 제거와 항산화 효과가 있는 NAC(N-Acetyl-Cysteine) 약을 처방받아서 복용하는 것도 많은 도움이 된다. 그리고 예민해진 점막을 복구하기 위해서 비타민 B군과 비타민 C를 충분히 섭취하는 것이 필요하다. 그리고 기관지 점막의 움직임을 조절하는 미주신경의 예민도를 낮추기 위해 목 앞쪽을 따뜻하게 마사지하거나 손으로 풀어주는 것도 도움이 된다.

코로나 바이러스의 침입으로 우리 몸에 염증 반응이 일어날 때 가장 중요한 역할을 하는 기관은 콩팥 위에 위치한 부신이다. 부신은 스트레스에 반응하는 기관이며 바이러스 염증에 반응하기 위해 소진되다 보니 기능이 많이 떨어진다. 이렇게 떨어진 부신 기능을 높여주기 위해 필요한 영양소는 비타민 B, C와 마그네슘이다. 비타민B, C와 마그네슘을 충분히 섭취한다면 부신 기능을 되살리는 데 도움이 될 수 있다.

또한, 코로나 바이러스의 침입이 근육이나 근막에 영향을 줄 경우 전신적인 근육통을 느낄 수 있다. 개개인의 영양이나 면역 상태에 따라 염증 반응이 오래 지속되는 미세염증 반응이 존재해 근육통이 오래 남아 있을 수 있다. 근육은 그 자체가 단백질인데 코로나 바이러스에 감염되고 아파서 활동도 줄어들게 되면 자연히 근육량이 줄어들고 위축된다. 또한 단백질이 빠져나가면서 근육과 근막의 유착이 생겨 통증이 늘어난다. 따라서 이러한 근육을 회복시키기 위해서는 일단 충분한 영양 섭취가 필요하다. 살코기, 두부, 계란 등의 단백질을 충분히 섭취하고 근육의 피로 회복에 필요한 비타민 B군을 충분히 섭취하는 것이 좋다. 또한 스스로 몸을 만져보면서 딱딱하게 유착된 부위는 마사지볼이나 폼롤러를 이용해 스스로 풀어줘도 좋다. 잘 풀리지 않는 경우에는 병원에서 물리 치료나 주사 치료를 병행하는 것도 도움이 된다.

코로나 바이러스 감염 후에도 신체활동의 저하와 호르몬의 불균형으로 온몸이 뻣뻣해지거나 순환이 잘 안 될 수 있다. 따라서 항상 관절 부위의 스트레칭이 필요하다. 몸 전체의 스트레칭을 통해서 온몸에 있는 신경의 활성화와 혈액순환을 돕고, 근막 관리에 도움을 줄 수 있다.

코로나 바이러스 감염 중에는 갑상선과 부신 기능이 많이 저하되므로 몸을 따뜻하게 유지하는 것이 좋다. 따뜻한 물을 마시고 바람에 노출되지 않도록 옷을 따뜻하게 입고, 충분한 수면 또한 필요하다. 앞에서도 언급했지만, 밤 11시부터 새벽 3시까지는 우리 몸의 염증을 제거하는 멜라토닌, 세로토닌 등의 중요한 호르몬이 분비되는 시간이다. 이 호르몬은 우리 몸의 기능을 정상으로 회복시키는 데 큰 역할을 한다. 그리고 충분한 수면과 휴식을 통해 근육과 근막들도 충분한 에너지와 영양을 공급받기 때문에 양질의 수면을 통해 우리 몸의 기능을 많이 회복시킬 수 있다.

바이러스는 누구에게나 찾아올 수 있다. 그때 면역력이 준비된 사람은 큰 어려움 없이 지나갈 것이다. 그러나 기저질환이 있거나 면역력이 떨어진 사람이라면 힘든 치료 과정을 겪을 수 있다. 미래학자들은 코로나 바이러스가 지나가도 또 다른 바이러스가 계속 인류를 공격해올 것이라고 한다. 지구환경의 문제와 온난화로 북극과 남극에 잠자고 있던 고대의 바이러스가 다시 깨어나 기승을 부리게 되기 때문이라고 한다. 따라서 수많은 바이러스로부터 우리의 건강을 지키기 위해서는 건강한 생활습관을 유지하고, 평소부터 면역력을 기르려고 노력해야 할 것이다.

9 | 대상포진도 마취통증의학과에서
치료하나요?

　　　　　　　70대 여성이 팔 통증으로 내원하셨다. 3개월 전에 왼쪽 팔에 대상포진 수포가 올라와서 피부과에서 치료하셨다고 했다. 그런데 3개월이 지났는데도 팔이 계속 아프다고 하셨다. 그리고 대상포진도 마취통증의학과에서 치료하냐고 물어보셨다. 대상포진은 피부에 수포가 생겨서 피부과에서만 치료하는 줄 알았다고 하셨다. 이분은 대상포진 감염 후 3개월이 지나 피부병변은 좋아졌지만 신경 치료를 받지 않아서 통증이 여전히 남아 있었다. 이렇게 초기에 신경 치료를 받지 않으면 피부 병변은 좋아져도 신경통으로 1년 넘게 고생하는 분들이 있다. 다행히 이 환자는 3회의 신경 치료로 증상이 호전되어 팔 통증이 좋아지셨다.

대상포진 후 신경통으로 70대 남성도 내원하셨다. 7개월 전에 대상포진으로 진단받고 통증이 조절되지 않아 7군데 병원을 돌아다니며 치료를 받았지만 통증이 계속 심해 저자의 병원을 찾아오게 되었다고 하셨다. 대상포진이 자주 발생하는 부위인 몸통으로 통증이 생겼는데 왼쪽 날갯죽지로부터 옆구리, 앞의 몸통까지 바늘로 찌르는 듯한 통증이 심하셨다. 밤에 잠자기도 힘들었고, 옷이 닿으면 스치는 느낌이 매우 심해서 옷을 입기도 힘들다고 하셨다. 이렇게 통증이 심한 분들은 예민해져 있고 수면 부족으로 부신 기능이 많이 떨어져 있다. 그래서 통증 치료와 더불어 영양소 보충이 필요하다.

저자는 그동안 통증에 시달리고 힘들었던 환자의 상황을 공감하며 경청해주었다. 정성을 기울여 열심히 치료도 해드렸는데 치료 초기에는 좀 반응하는 듯했으나 통증이 다시 심해져서 힘들어하셨다. 이후 대학병원 몇 군데에서 진료를 받고 약물로 조절하고 있다고 병원으로 전화가 왔다. 그리고 고맙다고 하시면서 이후에 한 번 방문하셨다. 안타까웠지만 대상포진 초기에 적절한 신경 치료를 받지 못해 신경통의 후유증이 남은 안타까운 경우였다.

대상포진 감염이 안면 신경으로 왔을 때는 신속한 치료와 관리가 어느 부위보다 중요하다. 60대 남성이 대상포진 후 안면마비가 와서 내원하셨다. 그런데 안타깝게도 발병 초기 1개월 동안 약만 먹고 신경 치료를 받지 않다가 발병 2개월째 되는 날 본원을 찾아오셨다. 코로나와 관련된 업무를 하셨는데 스트레스를 너무 많이 받았다고 하셨다.

처음 대상포진이 왔을 때 약만 먹으면 증상이 좋아지는 줄 알고, 신경 치료를 받을 생각을 하지 못했다고 하셨다. 내원하셨을 때는 이미 오른쪽 이마부터 눈, 코, 입이 아래로 축 처져서 잘 움직이지도 않았다. 당연히 음식도 환부 쪽으로는 씹지 못하는 상태였다. 그래서 처음 내원하셨을 때 안면 신경이 어느 정도 회복될지는 정확히 말씀드리기 어렵지만, 최선을 다해서 치료해드리겠다고 했다. 5월에 처음 내원하셨는데 3개월 동안은 주 4회씩 치료하셨다. 안면 신경 쪽 주사 치료와 전기자극술로 반복적으로 치료했다. 9월이 되니 눈과 코, 입술 처짐 등이 많이 회복되었다. 그리고 컨디션 회복을 위해 비타민C의 영양 치료도 병행했다. 저작 기능은 아직 완전하지 않아서 계속 치료 중이다.

1. 대상포진 감염 후 안면신경 마비가 온 환자의 첫 내원 당시 모습

2. 치료 4개월 후의 모습

3. 치료 6개월 후의 모습

(출처 : 저자 제공)

최근 3년 사이 코로나 바이러스가 유행하면서 대상포진 환자 수가 많이 늘어났다. 직접적인 인과관계가 정확하게 밝혀진 바는 없지만, 아마도 코로나 바이러스의 감염으로 우리 몸의 면역력이 저하된 상태에서 대상포진의 감염력이 증가했을 것이다. 그래서 코로나 백신을 맞고 대상포진이 생겨 오는 환자가 많다. 또한 코로나 바이러스에 걸리고 난 후 대상포진으로 오는 환자도 많다. 다행히 대상포진 전조 증상에 대해 알고 있는 분들은 빨리 병원을 찾아 경과가 좋은 분들도 많다. 발진이 생기고 바로 병원을 찾아 신경 치료를 병행한 분들은 예후가 좋다. 그러나 발병 초기에 적절한 신경 치료가 이루어지지 않고 3개월이 지난 후에 신경 치료를 시작한 분들은 예후가 좋지만은 않았다. 피부병변은 좋아졌어도 극심한 신경통이 남아 일상생활이 어려운 분들도 있다. 이렇게 통증이 극심한 대상포진은 어떻게 생기는 것일까?

대상포진은 어렸을 때 수두를 앓았던 사람이 신경 뿌리에 수두-대상포진 바이러스(VZV)가 비활성 상태로 잠재되어 있다가 어른이 되어 여러 가지 면역력이 떨어지는 컨디션일 때 다시 활성화되어 나타난다. 따라서 수면 부족이나 피곤하고 스트레스를 많이 받은 상태에서 발생한다. 그리고 코로나에 감염되었을 때와 같이 전반적으로 면역력이 많이 떨어진 상태에서도 빈번하게 발생한다.

대상포진은 처음에는 피곤하고 몸살과 비슷한 증상을 나타낸
다. 그러다가 주로 호발하는 몸통이나 팔, 다리에 바늘로 찌르는
듯한 콕콕 쑤시는 통증을 느끼거나, 옷이 닿았을 때 감각 이상을
느낀다. 이러한 전조 증상이 짧게는 2~3일, 길게는 2주 정도 반
복되다가 어느 날 통증이 왔던 부위로 발진이 생긴다. 발진은 시
간이 지나면서 수포, 가피로 진행된다. 그리고 수포 단계가 되었
을 때는 전염력이 강해서 수두를 앓지 않은 어린아이나 성인들도
전염될 수 있다.

전조 증상이 있을 때나 발진이 났을 때는 빨리 병원을 찾는 것
이 좋다. 항바이러스제를 복용하고 적절한 신경 치료를 받으면 대
상포진 바이러스가 신경을 손상시키는 범위를 최소화해 신경통으
로 확대되는 것을 막을 수 있다. 그러나 피부에 난 수포에만 집중
해 신경 통증을 방치하면 피부병변은 좋아지지만 통증은 계속 남
게 된다. 그리고 대상포진 후 신경통으로 오랜 기간 고생할 수 있
다.

대상포진의 발진은 몸통 부위가 가장 흔하고, 이외에도 얼굴,
팔, 다리에도 나타날 수 있다. 일반적으로 한쪽으로 오며, 같은 신
경이 지배하는 부위로 띠를 두른 듯이 군집성의 모양을 가지는 것
이 특징이다. 통증의 양상은 여러 가지가 있지만 칼로 베는 듯한
찌르는 통증, 욱신거리는 통증, 피부 감각이 저하되거나 이상 감

각이 있는 경우가 많다.

캐나다의 맥길(McGill) 의과대학에서 대상포진의 통증 점수를 비교한 연구가 있다. 출산 시 통증을 18점, 수술 후 통증을 15점이라고 하면 대상포진 후 신경통은 22점이라고 한다. 이 점수만 비교해보아도 대상포진 후 신경통이 얼마나 힘든지 충분히 이해할 수 있다.

따라서 대상포진에 감염되었을 때 가장 중요한 것은 적절한 신경 치료를 빨리 받고 신경통으로 발전하지 않도록 하는 것이다. 요즘은 50대 이상뿐만 아니라 20~30대도 대상포진에 감염되는 경우가 많다. 이런 경우 대부분 수면 부족과 생활 리듬이 깨어져 몸의 균형이 맞지 않는 경우가 많다. 또한 음식을 골고루 섭취하지 않고 인스턴트, 밀가루 음식과 가공식품을 많이 먹는 경우, 수분이 부족한 경우에도 감염되기 쉽다. 우리 장에는 면역 세포의 70%가 존재하는데 장 기능이 원활하지 않은 경우도 주의해야 한다.

병원에서 신경 치료를 받는 것과 더불어 일상으로의 빠른 회복을 위해서는 면역력을 올릴 수 있는 생활습관에도 힘써야 한다. 특히 레몬, 브로콜리, 채소, 과일 등 비타민C가 들어 있는 음식을 충분히 섭취하는 것이 좋다. 바이러스 증식을 억제하는 글루타민이나 라이신과 같은 단백질이 풍부한 살코기를 충분히 섭취하는 것이 좋다. 또한 신경 손상을 막을 수 있는 아연과 비타민B12가 풍부한 굴, 조개 미역, 고기류 등을 충분히 섭취해야 한다.

그리고 오일 등을 이용해 신경통 부위를 손으로 부드럽게 마사지해주고, 위축된 부위를 이완시켜주는 것이 좋다. 심호흡을 통해 근육의 이완을 같이 해주는 것이 도움이 되고, 적절한 스트레칭과 운동도 도움이 된다. 만약 치료 시기를 놓쳤거나 치료했음에도 불구하고 통증이 3개월 이상 지속되는 경우에는 척수자극술과 같은 적극적인 치료법도 고려할 수 있다.

최근 2회 접종으로 대상포진 발생을 97%까지 예방할 수 있는 대상포진 사백신인 싱그릭스가 우리나라에 수입되었다. 따라서 싱그릭스 접종으로 앞으로 대상포진 발병을 많이 줄일 수 있을 것으로 기대된다. 백신을 미리 접종하고 평소부터 면역력을 잘 관리한다면 대상포진의 공포에서 벗어나 건강한 일상생활을 할 수 있을 것이다.

2장

바른 자세가
통증을 예방한다

1   오래 앉아 있을수록 척추가 병든다

몇 년 전, S방송국의 건강프로그램에 출연한 적이 있다. '바른 자세로 두 마리의 토끼잡기(통증과 면역)'이라는 주제로 자세의 중요성에 대해 설명했다. 자세를 바르게 하면 온몸의 순환이 잘되고 신경의 흐름도 원활해지기 때문에 통증도 줄어들고 온몸의 면역력이 좋아진다는 내용이었다.

당시 방송을 진행하는 아나운서가 4명이었는데, 설명 도중 직접 아나운서들의 몸을 진찰하고 자세를 분석해주며 주의할 점 등을 알려주었다. 그리고 그동안 진료한 환자들의 자세를 분석하고 어떻게 통증이 왔고, 어떻게 치료를 했는지 설명했다. 프로그램이 끝나자 방송작가 한 분이 오시더니 "원장님 제가 하루 종일 원고를 쓰느라 목, 어깨, 허리, 손가락이 너무너무 아파요. 나중에 진료받으러 한번 가겠습니다"라고 했다.

40대 중반의 이 작가분은 방송 녹화 일주일 후에 내원하셨다. 생활 패턴을 물으니, 낮에는 방송국에서 거의 서서 일하고, 밤에는 새벽까지 앉아서 원고를 쓴다고 했다. 수면도 거의 하루에 3~4시간이 전부이고, 밤을 새고 작업하는 경우도 많았다. 진찰해 보니 온몸에 통증이 없는 곳이 없었다. 일단 앉아서 글을 쓰는 시간이 많고, 잠을 잘 못 자니 만성피로가 심한 상태였다. 방송 촬영 때문에 내원하기가 쉽지 않다고 해서 최대한 아픈 부위를 정성껏 치료해드렸다. 이후에 몇 번 더 치료를 받고 몸 상태가 좋아지자 다른 작가 두 분이 와서 치료를 받았다.

30대 초반의 작가분은 왼쪽 무릎이 자주 붓고 물이 찬다고 했다. MRI까지 찍어보았지만 뚜렷한 원인이 없다고 했다. 내원 첫날에 척추 엑스레이를 찍어보니 왼쪽으로 많이 틀어져 있었다. 진찰소견에서 왼쪽의 대요근(큰허리근)과 장골근(엉덩근)의 긴장도가 높아 압통이 심했다. 그래서 왼쪽의 대요근과 장요근의 긴장도를 풀어주는 치료를 했다. 그리고 허리 뒤쪽의 기립근(척추세움근)을 강화하는 치료를 병행했다. 무릎의 붓기가 많이 빠지고, 통증도 호전되었으며, 5회 정도 치료를 한 후에는 증상이 좋아졌다. 이후에 임신을 해서 출산을 앞두고 있다고 남편과 함께 인사 차 방문했다.

마지막 작가분은 키가 크고 과체중이었다. 오래 앉아서 원고를 쓰면 엉덩이가 항상 아프고, 다리까지 저리다고 했다. 그리고 평소에 빵을 좋아하고, 밀가루 음식도 많이 먹는다고 했다. 밀가루 음식을 많이 먹으면 장에 염증이 쉽게 생기고 장벽이 약해진다. 이렇게 장누수증후군이 생기면 염증이 장벽을 통과해 허리 근육에까지 염증을 유발한다. 이렇게 먹는 식품의 종류에 따라서도 통증이 생길 수 있음을 작가분에게 설명해주었다. 그리고 밀가루 음식을 반드시 줄이고, 체중 감량이 필요하다고 이야기해주었다. 이렇게 음식 조절과 함께 골반과 다리 치료를 같이했더니 증상이 빨리 호전되었다.

오래 앉아 있으면 우리 몸에서는 어떤 변화가 일어날까? 일단 전만을 유지해야 하는 요추의 기립근들이 늘어나면서 일자 허리가 되거나 후만의 허리가 된다. 그러면서 요추 하부와 골반 사이의 안정성이 떨어진다. 또한 엉덩이근육도 약해지면서 골반의 순환 저하와 골반 틀어짐의 결과가 발생할 수 있다.

또 한 가지 중요한 사실은 요추 및 장골 부위와 대퇴골을 연결하는 대요근과 장골근이 짧아지면서 허리 통증을 유발할 수 있다는 점이다. 대요근은 소고기로 말하면 안심 부위에 해당하는데, 요추와 대퇴골을 연결한다. 그래서 보행 경험이 많을 수록, 즉 나이가 들어갈 수록 단축되는 근육이다. 젊은 사람이라도 자전거 타기와 뛰기 등을 오래한 경우 단축이 쉽게 온다. 오랫동안 앉아 있는 자세를 계속 유지할 때도 대요근과 장골근의 단축이 발생한다. 따라서 운동을 하거나 오랫동안 앉아 있고 난 후에는 항상 스트레칭이 필요하다. 대요근과 장골근의 단축을 막기 위해서는 런지 자세처럼 배꼽부터 다리 앞쪽까지 쭉 늘려주는 자세가 좋다.

대요근 및 장골근의 단축은 서혜부 통증을 유발할 수 있다. 그리고 대퇴신경을 압박해 무릎까지 붓고 아플 수 있다. 가끔 젊은 분들이 이유 없이 무릎이 부어 MRI까지 찍어도 이상이 없는 경우가 있는데, 진찰해보면 대요근 및 장골근의 단축이 심해 무릎으로 내려가는 대퇴신경을 압박하고, 허벅지 앞쪽의 대퇴직근(넙다리곧은근)의 염증을 일으켜 무릎 주위의 염증과 물이 차는 증상이 생기게 된다. 한편 가임기 여성의 경우, 오래 앉아 있으면 생리 전후로 인해 자궁의 울혈이 일어나고, 하체로 순환이 잘 안 되는 원인 중 하나가 되기도 한다.

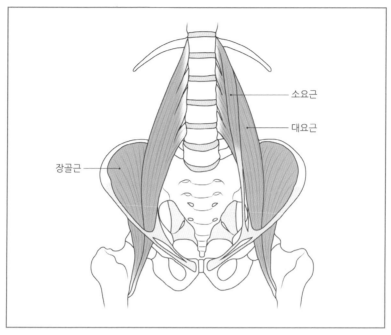

대요근과 장골근의 위치와 모양

(출처 : 저자 제공)

허리가 틀어지면서 골반이 틀어지는 경우도 많다. 오래 앉아
있으면 엉덩이에 있는 대둔근이나 중둔근과 같은 근육들이 약해
진다. 그리고 요추와 골반을 연결하는 인대들이 약해지고, 요추와
골반의 안정성이 떨어지면서 골반이 틀어지게 된다. 이렇게 척추
가 본래의 정렬에서 틀어지면 척추 사이의 물렁한 디스크가 잘 탈
출할 수 있는 상태가 된다. 그리고 다리의 대퇴근막장근이나 봉공

근, 박근 등이 약해질 수 있다.

　무거운 물건을 들 때 보통 허리를 구부려서 들게 되는데, 이렇게 되면 허리 후면의 기립근들이 늘어나고 후관절이 약해진다. 따라서 요추의 전만을 유지하면서 고관절을 굴곡해서 물건을 들어올리는 것이 중요하다. 결론적으로 고관절을 자유롭게 활용하려면 기본적으로 엉덩이의 대둔근과 중둔근을 강화해야 하며, 코어 근육을 강화하는 것이 필요하다.

　허리가 안 좋을 때 또 한 가지 생각해볼 부분이 장의 기능이다. 보통 장은 우리가 식사하고 난 후에 소화된 음식의 영양분이 재흡수되고 나머지 찌꺼기가 배설되는 통로이다. 그런데 장이 약해서 장누수증후군이 생기면 구조가 엉성해진다. 그리고 음식물에 남아 있던 염증들이 밖으로 빠져나가지 못하고 몸에 재흡수되어 몸의 약한 부위를 공격한다.

　특히, 우리가 오래 앉아 있으면 몸무게가 제일 많이 실리는 요추 4, 5, 6번 쪽으로 염증이 많이 생길 수 있다. 그리고 디스크를 싸고 있는 섬유륜이 약해지면서 디스크가 쉽게 돌출될 수 있다. 따라서 우리 몸의 면역력과 허리 기능의 악화를 방지하기 위해 장 기능도 신경 써야 할 것이다. 가능한 한 맵고 짠 음식을 피하고, 밀가루나 정제 탄수화물을 피해서 염증을 낮추도록 하자. 그리고 장누수증후군이 있어서 장 치료를 한다면 허리 통증에 악영향을 주는 것을 방지할 수 있다.

앞에서도 언급했듯이 호르몬의 변화는 우리 몸의 근골계에 많은 영향을 줄 수 있다. 특히 현대인에게 부족한 부신피질 호르몬은 근육과 인대의 약화와 근막의 유착을 더욱 심하게 만들 수 있

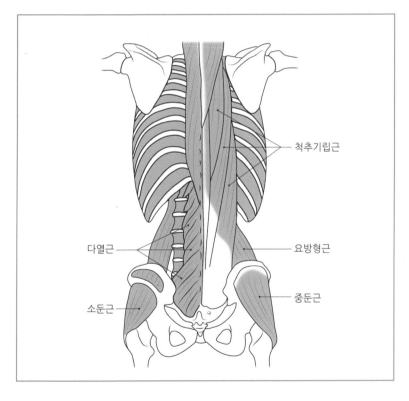

척추와 관련된 기립근

(출처 : 저자 제공)

다. 따라서 아무리 목, 어깨, 허리를 치료해도 잘 낫지 않고 온몸이 아픈 섬유근육통이 있는 분들은 다른 치료도 병행해야 한다. 즉, 근골격계만 치료할 것이 아니라 우리 몸의 여러 호르몬, 특히 부신 호르몬을 체크해보아야 할 것이다. 그리고 생활습관 교정, 식생활 교정, 영양보충 등을 통해서 부족한 부신 호르몬을 보충한다면 통증 치료에 좀 더 빠르고 큰 효과를 볼 수 있을 것이다.

허리 통증이 있을 때 암과의 연관성을 빼놓을 수 없다. 보통 장기에 생긴 암은 척추로 잘 전이되는데, 이렇게 척추로 전이된 암은 엑스레이에서도 발견하기가 어려워 놓치기 쉽다. 저자도 개원하기 전에 종합병원에서 봉직의로 근무하고 있을 때 경험해본 적이 있다. 평소 저자가 담당하던 60대 남자 환자가 엑스레이도 찍고, 치료를 해도 허리가 계속 아프다고 해서 혹시나 하는 마음으로 MRI를 찍어 보았는데, 정말 놀랍게도 척추에서 전이암으로 추정되는 종양이 발견된 것이었다. 저자도 전혀 예상치 못했던 일이고, 환자도 역시 받아들이기가 쉽지 않았다. 환자에게 설명한 뒤 대학병원으로 의뢰서를 써드리면서 암 검사를 하시라고 권유해드린 경험이 있다.

또한, 드물게도 췌장암이 있을 때도 허리의 하부와 옆구리 쪽으로 통증이 올 수 있다. 이것을 연관통이라고 한다. 예를 들어 심장의 협심증이 있을 때 왼쪽 어깨나 팔로 통증이 오는 것과 같은 이치이다. 췌장암이라고 하면 보통 황달, 복통, 소화불량 등의 증상을 먼저 생각하는데, 허리와 옆구리 쪽으로 연관통이 생길 수 있다. 이러한 사실을 기억하면 허리 통증이 있을 때 여러 가지 감별진단을 생각하는 데 도움이 될 것이다.

허리 통증은 여러 가지 원인이 있을 수 있지만 잘못된 자세, 오래 앉아 있는 자세로 인해 통증이 많이 유발된다고 해도 과언이 아니다. 따라서 여러 원인을 감별하고 평소에 자주 걸어다니고 스트레칭을 생활화하면 통증이 생기는 것을 미리 막을 수 있다. 그리고 오래 앉아서 일해야 한다면 바른 자세로 앉아서 일하는 습관을 기르는 것이 통증을 줄이는 하나의 방법이다.

2

스마트폰을 오랫동안 보면 거북목이 된다

지하철을 타서 보면, 10명 중 8명은 스마트폰을 보고 있다. 길거리에서도 스마트폰을 보며 걷는 모습을 흔히 볼 수 있다. 물론 스마트폰이 우리 생활에서 필수품으로서 중요한 역할을 하는 것은 맞지만, 스마트폰을 손에 들고 있는 동안 목, 어깨, 팔 등은 정말 고생하고 있다.

경추는 본래 부드러운 C자 모양을 가지고 있다. 그런데 스마트폰이나 컴퓨터를 오래 보면 원래의 부드러운 C자 모양의 커브가 없어지면서 일자목으로 변한다. 이 증상이 더 심해지면 거북목으로 변한다. 어떤 분들은 C자 모양과 반대로 꺾인 역C자 모양으로 변형되기도 한다. 이렇게 되면 5kg 내외의 머리 무게가 분산되지 못하고, 그 무게와 충격이 그대로 척추에 전달된다. 그리고 통증이 더 빨리 오고 피로감이 심해진다.

뿐만 아니라 거북목이 되면 경추에서 뇌로 이어지는 신경과 혈관이 눌려서 순환 장애가 생긴다. 이런 증상으로 흔하게 두통이 올 수 있고, 어지럼증, 만성피로, 이명 등의 증상도 나타날 수 있다. 그러나 이러한 증상은 어떤 영상이나 검사로 그 원인을 정확히 찾을 수 없기에 진단이 더욱 어려울 수 있다.

비단 어른들에게만 이런 상황이 나타나는 것은 아니다. 어린아이부터 초등학생, 중학생 아이들에게도 마찬가지로 일어나고 있다. 식당에서 외식할 때 주위를 둘러보면 3~5세 아이가 동영상을 보고 있는 것을 흔히 볼 수 있다. 물론 아이가 밥 먹는 데 집중을 잘 안 하고 밥을 먹이기 어려우니까 심정으로는 이해가 간다. 그러나 어릴 때부터 영상을 자주 보는 버릇이 생기면 아이의 척추가 나중에 얼마나 힘들까 하는 생각이 든다. 저자의 아이도 초등학생인데, 태블릿 등을 통해 영상물을 자주 접한다. 아이에게 안 좋은 습관이라고 이야기는 해주지만, 장난감처럼 인식되어서인지 말처럼 영상물을 아예 못 보게 하는 것이 쉽지만은 않다.

그렇다면 우리는 이러한 스마트폰의 안 좋은 영향을 어떻게 줄일 수 있을까? 일단 스마트폰의 사용 시간을 줄이는 것이 가장 좋은 방법일 것이다. 꼭 써야 한다면 20~30분 내외로 사용하고, 사용할 때는 자세에 더욱 신경 써야겠다. 일단 스마트폰을 최대한 눈높이에 맞춰 들고 있음으로써 고개를 숙이는 자세를 최소화하자. 그리고 거치대를 이용해서 들고 있는 자세를 가급적 피하는 것도 좋다. 스마트폰을 장시간 들고 있으면 목, 어깨에 상당한 통증이 올 수 있다. 30분에 한 번씩 목을 뒤로 젖혀 스트레칭을 해줌으로써 목과 어깨의 근육 긴장도를 풀어주는 것이 좋겠다.

스마트폰은 우리의 일상생활에 없어서는 안 되는 필수품으로 자리 잡았다. 그러나 지나친 사용은 경추의 모양을 변형시켜 몸 전체가 틀어질 수도 있다. 우리는 습관적으로 한쪽 손으로 스마트폰을 사용한다. 만약 오른손으로 들고 스마트폰을 자주 들여다본다면 목은 계속 오른쪽으로 회전해 비대칭적인 몸 상태로 변형될 것이다. 이렇게 비대칭인 목이 만성적으로 굳어지면 허리에도 구조의 변형을 가져온다. 목, 어깨의 자세가 안 좋아서 허리까지 틀어지게 되는 것이다. 결국, 한 부위의 잘못된 습관 및 자세가 온몸에 영향을 미치는 셈이다. 한 군데의 불균형을 보상하기 위해 우리 몸은 다른 부위를 틀어지게 함으로써 더 큰 통증을 유발하는 것이다.

목, 어깨의 통증과 더불어 안구 통증도 매우 흔한 통증 중 하나이다. 눈이 빠질 듯이 아픈데 안과에 가서 검사를 해도 별 이상이 없는 경우가 종종 있는데, 이런 경우 안구 주변의 근육과 턱, 경추의 문제로 인해 안구 통증이 올 가능성이 높다. 평소 음식을 씹을 때 턱을 이용해 저작 운동을 한다. 또한 스트레스를 받으면 턱을 꽉 무는 습관이 있거나 밤에 잘 때 자신도 모르게 이를 가는 경우도 있다. 그렇게 되면 턱과 함께 안구 주위도 매우 긴장해 눈으로 가는 신경이 압박되어 통증이 나타날 수 있다.

얼굴의 모든 감각 신경은 삼차 신경에서 나온다. 삼차 신경은 경추 1, 2, 3번을 거쳐 뇌로 들어가므로 경추가 뻣뻣하고 긴장되면 신경이 예민해져서 안구 통증이 올 수 있다. 보통 이러한 안구 통증을 유발하는 가장 안 좋은 습관은 스마트폰 및 컴퓨터를 오래 사용하는 것이다. 그리고 치아를 세게 자주 물어서 턱관절을 긴장시키는 것도 중요한 원인이다.

특히, 턱관절은 우리가 일하는 중에도 스트레스를 받으면 무의식적으로 힘을 줘서 긴장도가 올라가는 경우가 많다. 수면 중에도 턱관절과 치아에 힘을 주는 경우가 흔하다. 따라서 이를 예방하기 위해서는 입을 자주 벌려 턱을 자주 스트레칭해주고 목 주위의 긴장을 풀면서 스트레스를 관리하는 습관이 필요하다.

안구 통증과 더불어 안구건조증도 흔한 증상 중 하나이다. 저자는 1998년도에 라식 수술을 받고 교정 시력이 좋아졌다. 그러나 밤에 불빛 번짐과 안구건조 증상이 갑자기 너무 심해져서 한동안 많이 고생했다. 특히, 에어컨을 틀거나 난방을 오래 하는 경우에는 특히 건조증이 더 심해졌다. 오메가3를 잘 보충하지 않으면 증상이 더 심해져서 수시로 인공눈물을 넣으며 일했다. 우리 눈에서 눈물층은 점액층, 수성층, 기름층으로 되어 있다. 때문에 오메가3나 비타민A, 마그네슘, 아연, 비타민 B6, 칼슘 등이 부족해도 증상이 악화될 수 있다.

삼차 신경은 얼굴의 감각뿐만 아니라 눈물샘의 기능을 담당한다. 그래서 삼차 신경의 기능이 떨어질 수 있는 상황, 즉 경추의 긴장도가 올라가거나 자세가 안 좋으면 눈물 분비가 적어지고, 눈이 예민해진다. 오랫동안 눈을 깜박이지 않고 스마트폰, 컴퓨터를 보는 경우도 눈이 건조해진다. 따라서 수분을 자주 섭취하고, 눈을 자주 깜빡이는 습관을 유지하는 것이 좋다. 그리고 목 스트레칭을 자주하고, 눈 주위의 근막을 따뜻하게 풀어주면 안구건조증의 증상이 많이 좋아질 수 있다.

외래에서 흔하지는 않지만 꽤 많은 환자가 호소하는 증상 중 하나로 귀 뒤쪽 통증이 있다. 그 원인은 몇 가지가 있는데, 첫 번째로 귀 뒤쪽과 연결된 근육들이 긴장하면서 짧아져 나타나는 증상일 수 있다. 이것은 주로 현대인의 잘못된 자세와 관련이 있다. 두 번째로 어깨 쪽의 상부승모근, 목 앞쪽의 목빗근(흉쇄유돌근), 목 뒤의 헤어라인에 붙어 있는 후두하근 등이 긴장되면서 단축되어서 귀 뒤가 아플 수도 있다. 세 번째로 후두하근이 긴장될 경우 그 밑에 주행하는 후두 신경들이 자극되어 귀 뒤쪽으로 찌릿찌릿한 증상이 동반될 수 있다. 마지막으로 귀 뒤쪽이 아픈 경우는 안면 신경 마비 전에 올 수 있는 전조 증상일 수 있다는 점이 임상에서 중요하다. 안면 신경 마비는 '벨 마비' 또는 '구안와사'라고 부르기도 한다. 면역력 저하 및 바이러스 침범 등으로 증상이 생길 수 있다. 마비가 오기 전에 한쪽 얼굴의 표정이 둔화되고, 입술에 힘이 안 들어가고, 귀 뒤의 유양돌기 부분에 통증이 오는 것이 특징이다. 이런 증상들이 동반된다면 지체하지 말고 빨리, 적극적으로 치료를 받는 것이 중요하다.

현대인의 자세와 관련해 통증을 유발하는 여러 경우가 있지만, 스마트폰의 과한 사용은 척추 전체를 틀어지게 만드는 큰 원인이 된다. 따라서 스마트폰의 사용을 최소화하고, 사용 시 자세에 신경 쓴다면 우리 몸에 생기는 여러 가지 통증을 예방할 수 있을 것이다.

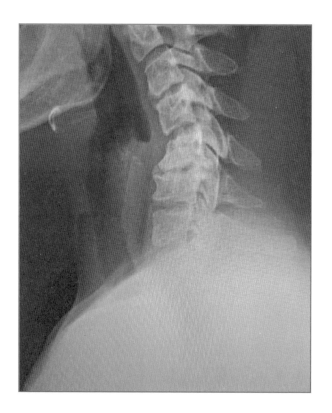

심하게 꺾인 역C자의 경추 모양

(출처 : 저자 제공)

3 | # 등이 굽은 자세는 통증을 앞당긴다

60대 남성 웹툰작가가 오른쪽 어깨 통증으로 내원하셨다. 진찰해보니 오십견 증상이 심하셨다. 팔의 외회전의 제한이 심했고, 양치를 한다든가 식사를 할 때도 불편하다고 하셨다. 환자는 그전에 왼쪽 어깨도 오십견 증상으로 6개월 이상 치료하고 증상이 좋아졌다고 하셨다. 평소의 환자 생활습관을 들어보니 하루에 12시간 정도 컴퓨터 앞에 앉아 작업하셨다. 그런데 이분은 어깨만 안 좋은 것이 아니라 등이 심하게 굽어서 목, 어깨,

등부터 허리까지 전반적인 통증이 있었다. 그리고 온몸의 근육 긴 장도가 매우 심했다. 환자는 일주일에 3회씩 정말 열심히 치료를 받으러 왔고, 나중에 치료를 종결하고 보니 꼬박 1년이 걸렸다. 어깨도 문제였지만 등과 허리의 전반적인 자세 문제를 해결하는 방향으로 치료하다 보니 시간이 더 많이 걸렸던 것이다.

이렇듯 60대 이상의 환자 중 등이 아프다고 오시는 분들이 많다. 특히, 70세를 넘어가면 척추 주변이 굳어져 살짝 누르기만 해도 심한 통증을 느끼신다. 그러나 이러한 등 통증은 60대 이상의 노년에만 있는 것이 아니라 30대와 40대에서도 흔하게 발견된다.

키 187cm의 30대 후반 남성이 허리 통증으로 내원했다. 외관상 등이 굽어 있는 모습이 확연하게 보였다. 직업을 물어보니 게임 개발자인데, 하루에 12시간 이상 컴퓨터 앞에 앉아 있는다고 했다. 그런데 허리가 너무 아파서 일을 잠시 쉬고 있다고 했다.

진찰해보니 키는 엄청 큰데 비해 근육에 힘이 하나도 없었다. 어렸을 때부터 키가 너무 크고 허리가 자주 아파서 운동을 해본 적이 없다고 했다. 그리고 직업의 특성상 12시간 정도 컴퓨터 앞에 앉아 있다 보니 자세가 더 안 좋아졌다고 했다. 근무 환경을 자세히 물어보니 키가 큰 것을 고려하지 않고 작업하는 컴퓨터의 높이를 낮게 해서 사용하고 있었다. 의자에 앉아 있는 자세 또한 구부정한 자세로 문제가 있어 보였다. 이분은 3주간 열심히 치료를 받았고, 근본적으로 운동을 통해 근력을 강화해야 한다고 강조해서 이야기해주었다. 환자는 치료 이후 통증이 많이 감소했고, 근력을 기르기 위해 운동을 시작했다.

20대 여성이 만성 소화불량으로 내원했다. 몸무게가 40kg의 마른 분으로 항상 오래 서 있는 직업이었다. 척추 주위의 등 근육을 만져보니 기립근이 상당히 굳어 있었다. 또한 배꼽 주위의 복부 근육들도 딱딱하게 굳어 있었다. 주사 치료를 원하지 않아서 고주파를 이용해서 등과 복부를 이완시켜주었다. 이렇게 반복적으로 5회 이상 하고 나서 소화력이 80% 이상 호전되었다.

위는 우리가 마음대로 움직일 수 없는 불수의근인데, 이런 장기는 등에서 나오는 신경에 의해 움직임이 조절된다. 특히 위의 운동을 조절하는 교감신경(흉추 6~7번)이 굽은 등에 의해 잘 기능하지 못하면 소화가 어렵다. 그래서 만약 위 내시경은 이상이 없는데 소화가 잘 안 된다면 위를 조절하는 자율신경에 문제가 있는지 확인해보는 것이 필요하다. 평소에 등 스트레칭을 자주 해주고, 보행 시 상체를 좌우로 틀면서 교차운동을 같이 해주면 흉추 6~7번 부위가 자극되어 위의 운동을 촉진시킬 수 있다.

등이 굽는 원인은 몇 가지가 있다. 가장 흔한 원인은 척추를 잡아주는 다열근(내재근)의 기능이 떨어지면서 등이 굽어지는 경우이다. 다열근은 척추와 척추 사이의 마디를 연결하는 근육이다. 척추를 굽히거나 회전하는 등 척추의 모든 움직임에서 사용되고, 척추의 안정성에 중요한 역할을 한다. 이러한 다열근은 척추 위아래 마디가 틀어지거나 특정 척추가 앞으로 밀리면 그 기능이 떨어지면서 등 통증을 유발하거나, 자세가 굽어질 수 있다. 그리고 흉추의 자율신경에 영향을 주기 때문에 폐나 심장과 관련된 여러 기능, 즉 폐 기능 저하나 심장부정맥 등이 올 수 있다.

늑골(갈비뼈)과 장골(골반뼈)을 연결해주는 장늑근의 기능 약화도 등을 굽게 하는 중요한 원인 중 하나이다. 골반이 틀어지거나 늑골의 손상 등으로 움직임이 좋지 않을 때 장늑근의 기능이 떨어진다. 이런 경우 늑골의 움직임을 좋게 하는 호흡이 중요하며, 근골격 치료와 함께 바른 호흡을 하는 것이 도움이 된다.

또한, 흉추와 요추 사이의 이행 부위(흉추 12번과 요추 1번 사이)가 굳어져서 고정될 때 등이 굽을 수 있다. 오래 누워 있거나 보행 시 상체의 움직임이 없이 오래 걷게 되면 흉요추의 이행 부위가 굳어지면서 등이 굽을 수 있다. 이런 경우는 고양이자세 스트레칭이나 폼롤러 등으로 이행 부위를 풀어주는 것이 중요하다. 또한 등이 굽은 부위를 풀었는데도 여전히 등이 아프다면 복근이나 대둔근, 대퇴사두근을 강화해 등 쪽의 근육을 보완해주면 큰 도움이 된다.

이외에도 등 통증과 관련된 근육은 크게 견갑거근, 능형근, 승모근 등 3가지로 나누어서 볼 수 있다. 견갑거근은 상부경추와 견갑골 안쪽을 연결하기 때문에 상부경추가 틀어진 경우 견갑골 통증까지 유발할 수 있다. 능형근은 흉추와 견갑골을 연결해 견갑골을 모아주는 역할을 한다. 따라서 한쪽 팔만 반복적으로 쓰거나 안쪽으로 기울어진 자세를 할 때, 그리고 흉추가 틀어졌을 때도 문제가 생길 수 있다. 승모근은 상부, 중부, 하부 승모근으로 나눌 수 있고, 특히 하부 승모근이 등 통증과 관련 있다. 평소에 폼롤러나 마사지볼을 통해 근육을 스트레칭해주거나 밴드를 통해 강화하는 것이 도움이 된다.

등은 해부학적으로 매우 중요한 의미를 가진다. 먼저 등의 흉추 2번에서 7번까지 양쪽에 날개뼈가 달려 있고 요추와 천추 사이에 골반뼈가 붙어 있다. 그래서 등이 굳어 있으면 날개뼈를 포함한 어깨와 골반 쪽으로도 통증이 같이 올 수 있다. 그리고 등에는 우리 장기의 기능을 조절하는 자율 신경이 존재한다. 그런데 등이 긴장되어 그 사이의 신경들이 눌리면 장기 기능에 문제가 생긴다. 앞의 예시처럼 소화가 안 되거나, 변비나 설사가 생길 수도 있고,

심장이나 폐의 기능 저하가 올 수도 있다.

흉추의 불안정성은 날개뼈의 견갑하근이나 소원근의 기능을 떨어뜨린다. 그리고 팔과 어깨로 내려가는 신경의 기능을 떨어뜨려 팔까지 저리는 증상이 나타날 수 있다. 척추의 골밀도가 낮은 상태에서 미세하게 압박 골절이 일어나는 경우에도 등 기능이 떨어질 수 있다. 미세 압박 골절 시 척추의 후지 신경이 눌리고 척추를 잡아주는 내재근들이 긴장해 척추가 뻣뻣해지기 때문이다. 또한 흉추의 디스크 질환이 발생했을 때도 퇴행으로 생긴 골주(Bony Spur)들이 신경을 자극해 등 통증이 유발될 수 있다.

나이가 들수록 등이 가려운 분들이 많은데, 몇 가지 원인을 생각해볼 수 있다. 일단 수분과 지방질의 균형이 맞지 않아 등이 가려울 수 있다. 이때는 충분한 수분과 오메가3 등의 양질의 지방질을 보충해주어야 한다. 또한, 갱년기로 인해 호르몬의 변화, 갑상선 기능의 변화, 부신 기능의 저하 등이 있어도 등이 가려울 수 있다. 자세가 안 좋아 등이 뻣뻣하게 굳으면 이로 인해 혈관과 신경이 눌려 순환이 잘 안 되어서 가려울 수 있다. 근막이 오랫동안 굳어서 근육과 유착이 심한 경우도 등이 가려울 수 있으며, 이러한 경우 비타민 B12의 보충이 도움이 될 수 있다.

앞의 설명처럼 내부 장기의 문제 때문에 등이 아픈 경우도 있으

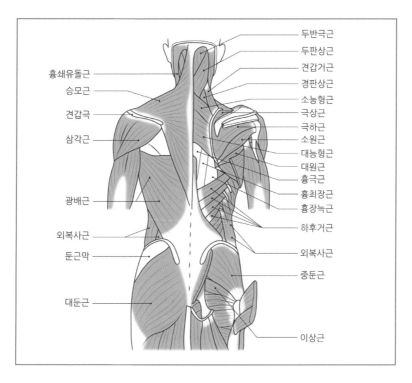

목, 어깨, 등, 골반 근육

(출처 : 저자 제공)

니 일반적인 통증 외에 다른 증상이 동반된다면 내부 장기의 문제를 한 번 살펴보아야 할 것이다. 예를 들어, 식사 후에 갑자기 등이 아프다면 위궤양이나 천공을 의심할 수 있다. 등이 아프면서 호흡이 가쁘고 힘들다면 폐, 심장, 대동맥박리일 가능성도 있다. 등이 아프면서 황달이 오거나 혈당이 올라간다면 췌장 질환이 의

심되며, 등이 아프면서 열이 같이 난다면 신장이나 담낭염 등일 수도 있다. 이런 증상들이 동반되지 않는다면 등과 관련된 근골격계 질환일 가능성이 높다.

등과 관련된 통증의 양상과 원인에 대해 살펴보았다. 등 통증의 원인은 다양하기 때문에 등이 아프다면 원인이 근골격계의 문제인지 내장기관의 문제인지 먼저 구별해야겠다. 원인이 근골격계에 있다면 평소 자신이 자주 취하는 자세가 어떤지 스스로 한번 살펴보는 것이 중요하다. 그리고 자세에 신경 써도 통증이 지속된다면 어떤 원인으로 등이 아픈지 병원의 도움을 받는 것이 좋겠다.

원인 모를 두통, 소화불량, 배변장애, 우울증이 있다면?

　　20대 초반의 군인이 어머니와 함께 내원했다. 입대 전부터 두통이 있었는데, 군에 가서도 통증이 좋아지지 않는다는 것이었다. 일단 척추 엑스레이를 찍고 진찰해보았다. 일자목이라는 점 외에 다른 특이사항은 없었고 진찰상 목, 어깨 근육의 긴장감도 크게 없었다. 그런데 머리가 계속 띵하고, 진통제를 복용해도 증상의 호전이 없으며, 잠을 자도 개운하지 않다고 했다.

　　보통 두통이 있을 때는 크게 2가지의 경우로 나누어 생각할 수 있다. 먼저 뇌 안의 종양이나 뇌혈관 문제 등 병변에 의한 두통이 있고, 목, 어깨 등의 긴장 때문에 발생하는 두통이 있다. 일단 우리 몸은 스트레스를 받으면 머리 양 옆쪽에 있는 측두근이 긴장한다. 이때 턱을 세게 물고 잘 때 이갈이를 한다면 이 부위의 긴장도가 더 올라가게 된다. 그리고 컴퓨터와 스마트폰을 많이 사용할 때는 목 앞쪽의 목빗근이 긴장되면서 짧아진다. 또한, 우리가 자주 통증을 느끼는 상부승모근의 긴장도가 올라가면 뒷목이 뻣뻣해지고 심하면 어지럼증이나 안구의 통증도 동반될 수 있다.

수면 시 베개 높이가 잘 안 맞거나 누워서 스마트폰을 오래 보면 목 뒤쪽의 헤어라인, 즉 양쪽 귀 뒤의 유양돌기 라인을 연결하는 부위가 눌리게 된다. 이로 인해 상부경추 1, 2번의 신경이 눌리면서 정수리 쪽으로 통증이 발생한다. 이렇게 경추가 틀어지는 자세는 우리 몸의 부교감 신경인 미주 신경에 영향을 준다. 그래서 소화가 안 된다든지 어지럽다든지 하는 자율신경계 증상도 나타날 수 있다.

또한 날씨가 추워서 근막이 갑자기 긴장되거나 호르몬의 불균형이 오거나 빈혈이 있어도 두통이 생길 수 있다. 그런데 앞의 경우와는 달리 뇌 안에 종양이 있거나 뇌혈관에 이상이 있는 경우에는 조금 다른 양상으로 두통이 나타난다. 앞에서 이야기했던 20대 군인도 일반적인 통증과 다르게 치료에 반응하지 않고, 머리가 계속 무겁고 띵한 느낌이 있다고 했다. 그래서 뇌 안의 상태를 확인하기 위해 대학병원 신경외과에 의뢰해 MRI와 뇌혈관조영술(MRA) 검사를 했다.

2주 후에 의뢰한 대학병원으로부터 회신이 왔는데 MRA에서 뇌동맥류가 발견되었다고 했다. 그래서 응급으로 코일 색전술을 시행했다고 했다. 뇌동맥류는 일반 뇌혈관이 꽈리처럼 크게 부풀어 있는 상태이다. 갑자기 두개 내 압력이 높아지면 터질 수 있고, 목숨을 잃을 수도 있는 아주 위험한 상태이다. 그래서 혈관이 터지지 않도록 코일이라는 색전 물질을 이용해 뇌동맥류를 막는 시술을 하게 된다.

20대의 젊은 나이에 뇌동맥류가 있는 것은 흔한 경우는 아니다. 그런데 이 환자를 경험한 후에는 젊은 환자도 꼼꼼하게 증상을 더 체크해야겠다는 생각이 들었다. 그리고 위험한 고비를 넘겨 시술을 받고 퇴원하게 되어 정말로 다행이라고 생각했다.

두통과 더불어 자주 생기는 증상으로 어지러움증이 있다. 어지러움증도 원인이 몇 가지가 있다. 경추와 관련된 어지럼증은 경추 1, 2번의 척추가 틀어지면서 생기는 경우가 많다. 그 사이로 주행하는 추골동맥이 압박을 받아 소뇌로 들어가는 혈액순환에 영향을 미치는 경우이다. 경추와 흉추의 척추의 부정정렬은 주로 오랜 시간 스마트폰을 사용하는 것과 관련이 깊다. 오랫동안 굽은 등 자세로 앉아 있을 경우 생길 수 있고, 누워 있을 때 후두부 쪽의 베개의 높이가 잘 맞지 않아 틀어지는 경우도 있다. 경추 이외에도 상부흉추(흉추 1, 2, 3번)의 틀어짐에 의해서도 어지러움증이 생길 수 있다. 상부 흉추에 존재하는 교감 신경의 줄기가 압박되고, 교감 신경절의 기능이 저하되면 머리로 올라가는 혈액순환에도 문제가 생길 수 있다. 마지막으로 두피의 근막이나 목 앞쪽의 목빗근이나 사각근이 긴장되어도 어지러울 수 있다.

우리 몸의 신경은 크게 운동 신경, 감각 신경, 자율 신경으로 나눌 수 있고, 자율 신경은 다시 교감 신경과 부교감 신경으로 나눌 수 있다. 자율 신경계는 간뇌에서 시작해 뇌줄기, 척수를 거쳐서 분지를 한다. 그리고 신경전달 물질을 분비해서 시냅스를 통해 신호를 전달한다. 자율신경계는 무의식적이고 반사적이며, 호르몬 분비, 혈액순환, 호흡, 소화 및 배설을 조절해서 우리 몸의 항상성을 유지해준다.

공포스럽거나 응급 상황이 왔을 때는 최상의 몸 상태를 유지하기 위해 교감 신경이 활성화된다. 이로 인해서 심박동수가 증가해 혈액공급이 확대되고, 기관지 이완으로 산소공급을 높이며, 땀 분비로 피부를 차갑게 유지한다. 또한 동공 확대가 일어나고, 간에 저장된 글리코겐을 분해해서 혈당을 높이고, 소화 기능을 억제한다. 이때 교감 신경이 계속 활성화되는 상황이 유지되면 부신 호르몬이 계속 사용된다. 이렇게 우리 몸을 계속 긴장 상태로 만들고, 이것이 만성화되면 번아웃 증상이 나타날 수 있다.

부교감 신경은 편안한 상황일 때 체내 에너지를 최대한 보존하는 역할을 한다. 몸을 이완시켜 편안히 안정적인 에너지를 저장하는 역할을 하며 혈압, 심박수 , 호흡 안정화, 소화활동 증가, 동공 축소 등의 상태를 만든다. 명상을 하거나, 음식물을 볼 때 침이 많이 나오거나, 밥을 먹고 졸리거나 하는 것은 부교감 신경이 우세한 경우이다.

우리 몸의 교감 신경이나 부교감 신경이 균형을 이루지 못하고 어느 한쪽이 과하게 우세되어서 항진되는 상태를 자율신경 실조증(Autonomic Dysfuction)이라고 한다. 이것은 자율신경계가 심혈관, 호흡, 소화, 비뇨기 및 생식기관, 체온 조절, 동공 조절 등의 기능을 조절해서 신체의 항상성을 유지하는 역할이 잘되지 않는 것을 의미한다. 이런 경우 쉽게 피로하고, 두통이 생기거나 우울해지며, 아침에 일어나기 힘들고, 변비나 설사 등의 증상이 반복되기도 한다.

심장이 뛴다든지 위나 장에서 소화가 되는 과정들은 자신의 의

지와는 상관없이 움직이는 자율 신경의 조절을 받는다. 교감 신경은 이러한 내장의 움직임을 긴장시켜 수축하고 자극해 소화가 잘 안 되게 하거나 심장을 빨리 뛰게 한다. 교감 신경은 대부분 흉추 근처에 존재하기 때문에 흉추의 자세에 문제가 생기거나 구조의 변형이 생기면 내장으로 가는 교감 신경에 영향을 준다. 자신의 의지와는 상관없이 소화가 안 되고 변비나 설사가 생긴다든지, 심장이 빨리 뛰는 증상이 생길 수 있다.

흉추 1~4번의 교감 신경은 심장과 폐와 연관되어 있어 이 부분이 항진되었을 경우 부정맥이나 호흡 기능의 저하가 올 수 있다. 흉추 5~9번 교감 신경의 과흥분은 소화 기능의 저하를 일으킨다. 흉추 10~12번 교감 신경은 대장 및 소장의 기능을 조절하므로 소화, 변비, 설사와 관련이 있다. 즉, 음식물의 소화가 잘 안 되고, 속이 더부룩하고, 내시경에서 큰 이상이 없을 경우 위로 가는 교감 신경이 항진되어 소화불량의 증상이 생길 수 있는 것이다.

또한 구부정한 자세로 인해 구조적으로 교감 신경이 눌려 있는 경우도 원인이 될 수 있다. 이렇게 위의 소화 기능 장애가 있을 경우에는 걸을 때 항상 상체와 하체를 교차로 움직여서 흉추의 움직임을 활성화시키는 것이 도움이 된다. 복식 호흡을 통해 횡경막의 움직임을 자극하면 위 운동을 간접적으로 자극시켜서 소화에 도움을 줄 수 있다.

우리 몸에서 나오는 신경전달 물질에는 아드레날린, 도파민, 세로토닌 등이 있다. 이러한 신경전달 물질이 과다하거나 결핍되었을 경우에도 여러 이상 증상과 자율신경 증상에 영향을 준다. 보통 근육이 많은 남성을 연상하게 하는 아드레날린 호르몬은 과다했을 때는 긴장, 초조, 불안, 공황장애 등이 일어날 수 있다. 반대로 아드레날린 호르몬이 저하될 때는 무력감, 의욕 저하 등이 나타날 수 있다.

도파민이 과다 분비되었을 때는 조현병, 마약, 성적 탐닉 등의 증상이 있을 수 있고, 결핍일 때는 파킨슨병, 하지불안증후군, 집중력 저하, 인지 기능 저하 등이 올 수 있다. 세로토닌이 과다일 때는 과민성, 충동장애가 올 수 있고, 부족일 때는 우울과 식욕 증가, 불면증 등이 올 수 있다. 이런 경우 호르몬 합성에 도움이 되는 영양소의 섭취가 도움이 되고, 낮에 충분한 햇빛을 보면서 걷기 운동을 하는 것도 도움이 된다.

자율 신경은 우리의 스트레스 조절이나 몸의 자세에 따라서 영향을 받고 신경전달물질의 과다나 결핍에도 쉽게 영향을 받는다. 특별한 원인이 없이 자주 반복되는 두통과 소화불량 및 우울증 등이 있다면 우리 몸의 자율신경 상태를 확인해봐야 할 것이다. 자율 신경의 균형을 유지하는 것이 건강한 생활을 유지하는 지름길이다. 운동과 명상, 바른 자세 갖기, 적절한 햇빛 쐬기 등을 생활화하고, 바른 자세를 유지해보자.

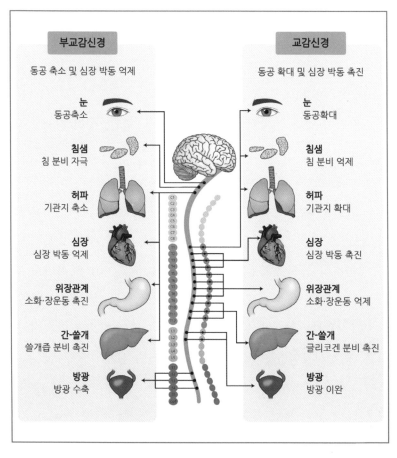

자율신경계의 역할

(출처 : 저자 제공)

5

헤어스타일만 바꾸어도 통증은 좋아진다

옆 가르마를 타고 왼쪽으로 머리카락을 길게 늘어뜨린 40대 여성이 목과 어깨 통증으로 내원했다. 진료 상담을 하면서 왼쪽 머리카락을 쓸어 넘기던 환자의 얼굴을 보는 순간 깜짝 놀랐다. 머리카락으로 가려졌던 왼쪽 얼굴의 모양이 오른쪽과 많이 차이 났기 때문이다.

왼쪽 눈썹, 눈, 입 등이 오른쪽보다 상당히 처져 있었는데, 순간적으로 머리 모양 때문에 목, 어깨 및 얼굴 근육까지 변형된 느낌이 들었다. 그래서 환자에게 헤어스타일을 얼마나 오래 유지했는지 물었다. 환자는 10년 이상 왼쪽 머리카락을 길게 내리는 스타일을 유지해왔다고 했다. 자세히 진찰해보니 목, 어깨도 왼쪽이 오른쪽보다 더 기울어져 있었으며 얼굴의 구조까지 변형이 온 상태였다.

"머리카락이 한쪽 방향으로 계속 내려와서 목, 어깨, 얼굴까지 영향을 주는 것으로 보이는데, 머리카락을 뒤로 묶거나 고정해보면 어떨까요?"

환자의 목, 어깨를 치료하고 나서 헤어스타일을 바꿔볼 것을 제안했다. 그다음 주에 환자가 내원했을 때, 머리를 뒤로 넘겨서 묶고 오셨다. 통증이 많이 줄었다고 했다. 물론 지난 주에 치료를 한 번 한 상태였다. 치료와 더불어 내려온 머리의 무게감을 없애준 것이 목, 어깨 및 얼굴에 많은 영향을 주는 것을 확인할 수 있었다. 이렇듯 헤어스타일 하나로도 목, 어깨의 통증에 영향을 줄 수 있다는 사실을 다시 한번 깨달았다.

자세를 바르게 잡으면 근육을 싸고 있는 근막이 잘 순환된다. 이로 인해 노폐물은 잘 배출되고, 피부에는 영양과 수분을 적절하게 공급해준다. 그래서 밝은 인상과 좋은 피부로 동안의 얼굴을 만들어준다. 진료실에서 꾸준히 치료를 잘 받고 있는 분들의 모습을 보면 일단 통증이 사라지고 표정이 환해진다. 그리고 자세가 바르게 되면서 자신감이 생기는 것을 알 수 있다. 치료를 통해 신경의 염증이 가라앉고 자세가 좋아지면서 신경의 흐름이 원활해지는 선순환을 가지게 된다. 신경뿐만 아니라 혈액의 흐름도 원활해지고, 몸의 기능 또한 향상된다.

우리는 멋있는 연예인이나 운동선수의 바른 자세를 보면 따라 하기도 한다. 이처럼 신경관리와 자세를 바르게 하는 사람들이 가까이 있으면 긍정적인 전염력이 생긴다. 부모가 아이 앞에서 항상 바른 자세로 생활하는 모습을 보이면 아이도 무의식적으로 따라 하는 것과 마찬가지이다.

1년에 한 번씩 검진을 할 때 키를 재는데, 전년도에 비해 키가 조금씩 줄어드는 경우가 있다. 50대를 넘어가면서 골밀도 감소로 척추 자체가 줄어들기도 한다. 그런데 20~40대들도 바르지 못한 구부정한 자세로 인해 키가 작아지는 경우가 있다. 따라서 구부정한 자세만 교정해도 1cm 이상은 키가 커진다. 그리고 구부정한 자세로 인해 키가 줄어드는 경우 수명의 단축과도 관계가 있다는 해외 연구가 있다. 척추의 변형으로 심장이나 폐가 압박을 받고, 그 기능이 떨어져서 질환으로 연결되는 경우라고 한다.

자세를 바로 잡으면 키가 커지고, 좌우 대칭성이 좋아진다. 좌우 대칭성이 좋다는 것은 외적인 아름다움의 중요한 요소가 된다. 그래서 실제로 모델을 뽑을 때도 좌우 대칭성이 좋은 사람을 뽑는다고 한다. 또한 랜디 손힐(Randy Thornhill)이라는 뉴멕시코 대학의 생물학과 교수는 신체의 좌우 대칭성이 유전자의 건강도와 관련이 있다고 말한다. 따라서 좌우 신체의 균형이 잡히고 바른 자세인 사람의 매력도가 더 높아진다.

상대방과 대화하거나 일에서 협상을 할 때도 자세가 중요한 역할을 한다. 구부정한 태도로 이야기하는 것보다 대칭적으로 바른 자세를 가지면서 대화하는 것이 상대방에게 더욱 신뢰감을 준다. TV에 나오는 아나운서들이 항상 곧은 자세로 입꼬리를 올리고 말을 하는 것을 볼 수 있다. 이것은 말뿐 아니라 얼굴이나 몸의 자세가 신뢰감 형성에 큰 영향을 줄 수 있다는 것을 알려준다.

그리고 바른 자세를 가지게 되면 발성이 더 좋아진다. 가슴을 펴고 경추를 뒤로 당기면 후두의 위치를 끌어내리면서 입안의 공간이 확보된다. 또한 복근을 잘 사용하면 복식호흡을 잘 할 수 있고, 횡경막과 흉곽의 기능이 좋아지면서 호흡량도 좋아지게 된다. 이렇게 좋은 자세로 발성을 풍부하게 내면 상대방에게 신뢰를 줄 수 있고 설득력을 높일 수 있다.

결국 바른 자세를 갖게 되면 온몸의 혈액의 흐름과 신경통로를 원활하게 해서 일차적으로 몸의 기능과 통증이 좋아진다. 이차적으로는 몸과 얼굴의 대칭성이 좋아지고 시각적인 아름다움을 창조할 수 있다. 이제부터 바른 자세에 관심을 갖고 생활화한다면 몸의 통증을 줄이고, 상대방에게 신뢰감도 줄 수 있을 것이다.

6 자세를 조금만 바꾸어도 통증은 좋아진다

　　사회가 발달할수록 개인의 피로감은 커지고 있다. 피로감을 해소하기 위해 커피나 에너지드링크를 마시기도 하고, 여러 종류의 영양제를 복용하기도 한다. 그리고 양질의 수면을 위해서 여러 가지 노력을 한다. 그러나 자세가 우리 몸의 피로도에 영향을 미친다는 사실을 아는 사람은 그리 많치 않은 것 같다. 자세는 우리 몸의 통증과 기능에 영향을 주고, 내부 장기와 생리 기능에 영향을 주기 때문에 우리가 생각하는 것보다 많은 부분에서 영향을 미친다. 또한 만성 통증이 있는 사람 대부분이 안 좋은 자세를 가지고 있다.

그런데 자세는 우리 몸의 통증과 생리 기능뿐만 아니라 정신에도 영향을 끼친다. 즉, 바른 자세를 잡는 것이 육체적 건강뿐만 아니라 정신 건강에도 도움이 된다. 또한 좋은 자세는 질병을 예방하고, 피로와 근육의 긴장을 줄여서 근육과 관절이 자연스럽게 움직이도록 해준다.

자세는 어떤 자극에 대한 반응이다. 그리고 우리가 삶을 사는 동안 직면하게 되는 환경이나 상황에 적응하는 과정에서 나오는 반응의 결과물이라고도 할 수 있다. 자신감이 있고, 기분이 좋을 때는 어깨를 당당하게 펴게 된다. 그러나 자신감이 없고 우울하거나 부끄러울 때는 어깨를 움츠리거나 등을 구부리면서 온몸의 관절을 긴장시켜 뻣뻣하게 만든다.

예전 영화를 보면 남자 주인공은 탄탄한 근육질에 바른 자세를 가진 것을 볼 수 있다. 예를 들어 슈퍼맨은 근육과 바르고 당당한 자세에서 나오는 이미지로 정의와 평화의 구현을 상징한다. 또한, 삼성의 이재용 회장도 언론에서 비춰질 때 항상 바르고 꼿꼿한 자세를 보인다. 구치소에서 수감생활을 할 때도 자세가 전혀 흐트러지지 않아 놀랐던 기억이 있다. 아마 어렸을 때부터 자세에 대한 교육을 많이 받고, 꾸준히 운동한 결과로 생각된다. 그래서 자신에게 불리한 상황에서도 자세의 흐트러짐이 없이 바른 자세를 유지할 수 있었을 것이다.

바른 자세를 하게 되면 척추가 가지고 있는 본연의 커브를 잘 유지하면서 몸의 무게가 한쪽으로 쏠리는 것을 막아준다. 그리고 몸무게를 골고루 분산시키기 때문에 오랫동안 서 있거나 앉아서 일을 할 때도 피곤함을 덜 느끼고, 충격을 잘 흡수할 수 있게 해준다. 만약 나쁜 자세를 해 구부정하게 되면 우리 몸의 특정 부위만 압력이 가해지면서 이 부위와 관련된 근육과 근막이 일을 많이 하게 되고 약해진다. 그러나 바른 자세를 하면 온몸의 근육과 근막이 골고루 일하면서 지속적으로 버틸 수 있는 능력이 더 생기게 된다.

이렇게 모든 근육과 근막을 골고루 이용해 우리 몸을 사용하면 그 사이로 통하는 혈액과 신경의 흐름이 활발해진다. 소화와 배설의 기능이 활발해지고 호흡이 편해진다. 그리고 자극에 대한 반응이 빨라져서 더 큰 힘을 발휘할 수 있다. 운동선수들이 훈련을 통해서 근육을 단련하고 자세를 잘 잡는 것은 이런 바른 자세를 통해 운동 효율을 극대화하고, 부상을 예방하기 위함이라고 할 수 있다. 즉, 바른 자세를 가지게 되면 우리의 건강을 지키고, 통증을 예방하며, 우리 몸의 에너지 사용을 극대화할 수 있는 것이다.

평소 스마트폰이나 컴퓨터를 사용하다 보면 머리가 앞으로 빠지는 거북목 자세를 취하게 된다. 이런 자세가 장기화되면 목의 커브가 C자에서 일자 모양으로 변화된다. 그리고 일자목은 5~6kg 되는 머리의 무게를 효율적으로 분산할 수 없게 되면서 무리하게 목 주위의 근육은 긴장도가 올라가고, 주위의 혈관과 신경은 더욱 압박을 받는다. 그리고 영양소와 산소의 부족이 생기고, 통증을 일으키게 된다. 이런 경우 엑스레이를 찍어보면 20~30대들도 경추의 모양이 반듯하지 않고 변형이 많이 되어 있다. 사다리꼴로 변하거나 경추에 골극이 생겨 가시처럼 뾰족하게 변형된 경우도 종종 볼 수 있다.

경추를 지지하는 근육들의 긴장이 높아지면 경추 사이의 디스크를 둘러싸고 있는 섬유륜이 약해진다. 그래서 디스크가 섬유륜의 약한 부위로 터질 가능성도 생긴다. 경추에는 뇌와 척수를 연결하는 추골동맥의 통로가 있는데, 만약 거북목으로 이 통로가 압박되면 신경과 혈액에 압박을 받아 두통이 생길 수 있다. 따라서 목의 자세를 바르게 하는 것만으로도 이러한 경추의 압박을 줄이고 목, 어깨의 통증과 두통을 줄이고 디스크 탈출을 예방할 수 있다.

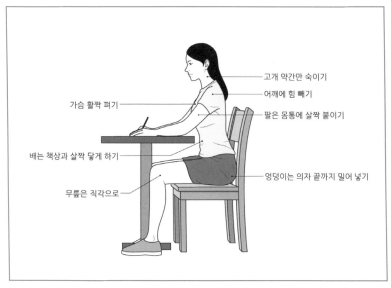

바른 자세로 앉기

(출처 : 저자 제공)

12월의 어느 추운 겨울날, 요쿠르트 판매원으로 일하시는 50대 여성이 내원하셨다. 밖에서 하루 종일 서서 일하기 때문에 추운 겨울이 되면 항상 등이 아프고, 가슴이 답답하다고 하셨다. 그리고 기분이 너무 우울해서 눈물이 계속 나고 어쩔 때는 죽고 싶을 정도라고 하셨다. 진찰을 해보니 등의 근육이 많이 긴장되어 있었고, 목, 어깨 및 앞의 복장뼈 근처와 갈비뼈 근처의 늑간근들도 다 굳어 있었다. 또 복부 근육들도 딱딱하게 굳어서 소화 기능이 매우 떨어졌으리라고 추측되었다.

우리가 구부정한 자세를 오랫동안 유지하면 흉추의 기립근들이 과긴장되어 일차적으로 신경과 혈액순환의 저하가 생긴다. 그리고 등 통증과 날갯죽지 통증을 유발한다. 또한 흉추 기립근의 긴장으로 인해 등에 존재하는 교감신경이 항진된다. 그래서 해당 신경의 조절을 받는 내장기관들의 기능이 저하된다. 소화가 안 되고 설사, 변비가 오거나 숨쉬기가 답답한 것들이 그 예이다.

등이 굽으면 앞쪽의 갈비뼈와 가슴뼈의 움직임이 제한이 생겨 호흡이 원활하지 않게 된다. 그래서 이런 자세로 오래 일하다 보면 가슴이 답답하고 숨쉬기가 어렵다고 호소하는 경우가 많다. 이 환자께는 기립근들의 긴장을 풀어주고 복부와 복장뼈 근처들도 이완할 수 있는 치료를 같이 해드렸다. 밖에서 너무 추울 때는 등쪽에 계속 핫팩을 붙이시라고 말씀드렸다. 다음에 오셨을 때는 표정이 좀 더 밝아진 상태였고, 3회의 반복 치료 후 증상이 90% 이상 호전되었다.

경추와 마찬가지로 흉요추도 긴장도가 계속되는 자세가 장기화되면 S라인이 사라지게 된다. 이렇게 되면 등부터 허리까지 뻣뻣한 일자 허리가 될 수 있다. 허리 통증으로 내원하는 환자의 30~40% 정도는 엑스레이를 찍어보면 일자 허리를 가지고 있다.

주로 서서 일하는 분들도 일자 허리가 잘 생긴다. 그리고 앉아 있을 때 엉덩이의 궁둥뼈를 세워서 앉지 않고 등을 의자 받침대에 비스듬히 기대어 앉는 분들도 이런 일자 허리를 가지게 된다. 따라서 이렇게 앉을 경우 등과 허리가 아플 뿐만 아니라 요추의 높아진 압력 사이로 디스크 돌출도 쉽게 이루어 질 수 있다.

서 있을 때는 가만히 있기보다는 몸을 좌우로 수시로 움직여서 척추 근육들의 긴장도를 풀어주는 것이 좋다. 그리고 앉아 있을 때는 궁둥뼈로 무게를 지탱하고, 등과 허리의 근육은 과한 긴장을 유발하지 않게 신경 쓴다면 통증과 디스크 탈출 등의 부작용을 막을 수 있을 것이다.

보통 허리나 골반 통증으로 내원하는 환자 중 평지를 걸을 때 짝다리처럼 한쪽 다리는 짧아지고 한쪽 다리는 길어진 것 같다고 말씀하는 분들이 있다. 이런 경우 엑스레이를 찍어서 살펴보면 대부분 골반이 틀어져 실제 누워 있을 때나 보행 시 다리 길이가 차이 나는 경우가 많다. 앉아 있을 때 다리를 한쪽으로 꼬거나 운전을 오래하거나 한쪽 방향으로 운동을 많이 하는 경우 골반이 자주 틀어진다. 골반이 틀어지면 골반 자체의 통증은 물론이고 다리, 무릎, 발목 등에 통증을 유발한다. 그리고 골반 안쪽의 장기 순환도 저하되어 비뇨생식기에도 영향을 준다. 여성의 경우 난소, 생리 불순 및 잦은 빈뇨, 잔뇨감을 유발할 수 있고, 남성의 경우에도 잔뇨감 및 정력 감퇴 등에 영향을 줄 수 있다.

바른 자세는 보기에만 좋은 것에 그치는 것이 아니라 우리가 쉽게 생각하지 못했던 우리 몸의 전반적인 순환과 통증에 중요한 요인이 된다는 것을 알 수 있다. 또한 바른 자세를 습관화한다면 우리 몸의 산소공급을 높이고, 오랫동안 일해도 쉽게 피로하지 않는 몸을 만들어 일의 효율성을 올릴 수 있다.

7 | 바른 자세로 자는 것이 보약이다

진료실에서 "잠을 자고 난 후 목, 어깨, 허리가 더 아파졌다"라고 하는 분들을 자주 본다. 일반적으로 자고 난 후에는 몸의 긴장도가 풀어지고 통증이 감소한다. 그런데 왜 통증이 심해졌다고 하는 사람이 많을까? 수면 후에 통증이 더 증가하는 경우는 수면 시 자세와 관계가 깊다. 잠을 자는 동안에는 근육이 긴장을 풀고, 이완할 수 있는 자세를 유지해야 좋다. 때로는 잘못된 자세로 인해 긴장도를 풀어야 할 근육들이 수면 시간 동안 계속 긴장해 있는 경우가 생기는 것이다.

예를 들면 너무 높은 베개를 사용한다든지 반대로 낮은 베개를 사용한다든지 하는 것이 원인이 될 수 있다. 베개의 높이가 자신에게 맞지 않으면 한쪽 목이 심하게 수축되거나 반대로 늘어나면서 통증이 생길 수 있다. 또한, 천장을 보고 자다가 옆으로 잘 때는 베개를 어깨 높이만큼 더 높게 받쳐줘야 한다. 낮은 베개로 천장을 보고 자다가 옆으로 돌아누울 때도 똑같은 베개를 계속 사용하면 경추의 높이가 많이 떨어지면서 긴장감이 지속된다. 이렇게 되면 목, 어깨의 통증을 유발할 뿐만 아니라 허리 통증에도 영향을 준다.

잠자리에 들 때는 한 번에 눕기보다는 앉아서 뒤로 손을 짚고 골반을 천천히 뒤로 기울이면서 팔꿈치로 바닥에 기대어 허리를 천천히 늘려서 아래쪽 척추로부터 하나씩 바닥에 붙이듯이 눕는 것이 좋다. 그리고 경추가 바닥에 닿을 때도 손으로 뒤통수를 잡고 목을 길게 늘리면서 아래쪽 경추부터 순서대로 눕는 것이 좋다. 또한 무릎은 천천히 펴면서 손바닥은 천장을 보게 하면 평소에 자주 안으로 구부려서 사용하는 팔 근육을 이완시킬 수 있다.

천장을 보고 누울 때는 낮은 베개를 기본으로 하고 수건을 말아서 경추의 커브를 받쳐주면 목, 어깨의 긴장이 풀어지게 된다. 또한 허리의 장골근이나 대요근이 짧아져 있는 경우에는 무릎 뒤의 오금에 쿠션을 받쳐줘서 허리가 과도하게 당겨지는 것을 막을 수 있다.

허리 통증이 심하거나 코골이, 무호흡이 심한 경우 옆으로 자는 자세가 편할 수 있다. 이때 중요한 것은 어깨 넓이만큼 높이를 충분히 받쳐주어야 한다는 것이다. 뒤에서 관찰했을 때 경추, 흉추, 요추의 라인이 일직선상에 있어야 하며 특히 경추 부분이 과도하게 꺾이지 않도록 주의해야 한다. 그리고 다리 사이에도 베개나 쿠션을 끼워서 다리와 골반이 떨어지지 않게 해야 한다.

스트레스를 많이 받거나 무호흡 증상이 있을 때는 엎드리는 자세가 편할 수 있다. 이 자세에서는 목젖이나 혀의 뿌리가 중력에 의해 앞으로 이동해서 기도가 넓어지기 때문에 도움이 된다. 그리고 엎드린 상태에서는 복부의 과도한 신전을 막기 위해 복부 골반에 쿠션이나 베개를 받치면 좋다. 복부 비만이 있거나 임산부, 역류성 식도염, 코골이가 심한 사람, 수술 후 마취에서 회복하는 경우에는 침대 머리쪽을 15도에서 30도 정도 높게 올리는 것이 좋다. 이렇게 자면 복부가 횡격막을 누르지 않아 숨쉬기가 편해진다.

질 좋은 수면을 위해서는 습관뿐 아니라 수면 환경도 중요한데, 특히 매트리스와 베개가 중요하다. 매트리스는 너무 푹신하거나 너무 딱딱한 것은 좋지 않고 바닥에 까는 경우 10cm 정도 되는 것이 척추에 무리가 가지 않는다. 베개 높이가 맞지 않으면 경추가 머리의 무게를 지탱하게 되어 통증이 생긴다. 또한 경추가 꺾이면서 척수를 압박해 척수의 흐름을 방해하고 목, 어깨가 긴장되어 뇌의 혈액순환에 영향을 준다.

수면 중에는 뇌척수액이 노폐물을 운반해서 청소하는 기능이 있다. 그래서 바른 자세로 수면하게 되면 뇌척수액이 잘 흐르는 구조를 유지해 노폐물 제거가 용이하게 된다. 또한 잠을 자는 동안에는 일상 속 감각기억을 장기기억으로 전환하고 멜라토닌이나 성장호르몬 등이 방출되어 우리 몸이 이완할 수 있도록 도움을 준다.

직장이나 학교에서 가끔 낮잠이나 쪽잠을 잘 때는 특별히 더 자세에 신경 써야 한다. 엎드려 자는 자세는 좋지 않지만 엎드려서 수면할 수 밖에 없는 상황이라면 책상 위에 쿠션이나 책을 적당히 올려서 허리가 많이 휘지 않게 하는 것이 좋다. 의자도 최대한 앞으로 당기고, 15분 이상 자지 않는 것이 좋다.

흔들리는 차 안에서 오랜 시간 잠을 자는 습관도 척추 건강에 좋지 않다. 대중교통을 이용하면서 잠들어 있는 사람들을 보면 대부분 고개를 숙이거나 뒤로 꺾여 있는 채로 조는 경우가 많다. 이때 머리의 무게가 경추에 많이 실려서 급정차 시에 경추와 디스크에 큰 충격이 올 수 있다.

'잠이 보약'이라는 옛말이 있다. 바른 자세로 자는 것은 바른 자세로 걷는 것만큼 신경 쓸 부분도 많고 쉽지는 않다. 그렇지만 수면 시간은 우리의 삶과 건강에 너무나 중요하기 때문에 바른 자세로 숙면하는 습관을 들이는 것이 필요하다. 앞으로 바른 자세의 수면을 생활화한다면 보양식을 먹는 것보다 더 좋은 효과를 몸소 체험할 수 있을 것이다.

3장

신경을 건강하게 만드는 것이
통증 건강법이다

통증은 신경 노화가 원인이다

84세 남성이 이마가 아프다고 오셨다. 병력을 들어보니 7년 전에 이마 쪽으로 대상포진이 났었다. 당시 신경 치료는 하지 않았고 먹는 약과 이마 병변 부위에 연고만 발랐다고 하셨다. 그런데 7년이 지난 현재도 이마가 계속 아픈 상태라고 했다. 특히 겨울이 되니 평소에 바르던 스테로이드 연고도 소용이 없고, 통증이 심해서 잠을 잘 못 주무신다고 했다. 건장하셨지만, 청력이 안 좋으셔서 보청기를 착용하셨다. 그럼에도 불구하고 잘

들리지 않으시는지 큰 소리도 모자라 귀에다 바짝 대고 이야기해야 겨우 알아들으셨다. 보호자도 안 계셔서 소통하기가 어려운 상태였다. 대상포진에 걸리고 7년이나 지난 상태여서 신경 치료를 해야 한다는 것을 설명하기가 매우 어려웠다. 그리고 통증이 심하다 보니 다소 짜증이 섞인 목소리로 하고 싶은 말만 반복해서 말씀하셨다. 귀에다 대고 한참을 설명하고 난 뒤에야 주사 치료에 동의하셔서 치료를 시작했다. 물리 치료까지 마치고 난 후 내일 한 번 더 내원하시라고 말씀드렸다.

다음 날 아침 일찍 첫 환자로 오셨는데 어제의 다소 짜증난 모습과는 달리 유순한 모습으로 저자를 기다리고 있었다. 환자에게 상태를 여쭤보니 어제 너무 편하게 잘잤고, 통증도 많이 좋아졌다며 감사하다고 하셨다. 사실 대상포진 후 신경통은 감염되었을 때 신경 치료를 잘 하지 않으면 신경의 변형 및 손상으로 통증의 후유증이 남는 것이 일반적이다. 그래서 7년이나 지났고, 연세가 84세임을 고려했을 때 통증이 쉽게 좋아지지 않을 것이라고 생각했다. 그런데 환자가 어제 너무 편히 잘 주무셨다고 하니 너무 놀랍고 기쁜 마음이 들었다. 그런데 7년이나 지난 84세 환자의 대상포진 후 신경통이 어떻게 이렇게 빨리 좋아질 수 있었을까? 곰곰이 생각한 끝에 내린 결론은 환자가 84세이시지만 전반적인 신체 관리와 신경 관리를 잘했기 때문에 치료에 대한 반응이 좋았다는 것이다.

　신경이란 무엇일까? 우리가 몸의 한 부위를 눌러보면 간혹 찌릿찌릿한 느낌이 올 때가 있다. 이것이 바로 신경을 눌렀을 때 나타나는 현상이다. 신경은 마치 전선처럼 우리 몸에 전기와 같은 에너지를 전달하는 역할을 한다. 신경은 미엘린이라고 하는 백색의 지방질로 구성되어 있는 수초가 감싸고 있는데, 신경 전체를 감싸 있지는 않고 중간에 끊겨 있는 모양으로 되어 있다. 따라서 신경을 통해 신호가 전달될 때는 신경의 모든 부분을 거치지 않고 건너뛰면서 전달하고, 신경이 젊고 튼튼할수록 신호의 전달 속도가 빨라진다. 즉, 미엘린이 튼튼하게 감겨 있을수록 신호의 전달이 빨라지고, 반대로 미엘린이 손상되어 노화가 진행되면 느려진다. 이렇게 전달 속도가 느려지면 신경의 기능 저하말고도 다양한 질환이 나타날 수 있다. 뇌가 아무리 건강하고 장기 및 근육이 튼튼해도 신경의 노화가 시작되어 적절한 전도 및 영양분 산소가 전달되지 않으면 뇌와 장기 및 근육들도 약해질 수밖에 없다.

　또한 신경이 약해지면 가동 범위가 줄어들고, 운동하기가 힘들어져 신경의 노화를 더욱 악화시키는 원인이 될 수 있다. 물론 노화에 따른 자연스러운 신경의 기능 저하는 있지만 평소에 몸 관리와 충분한 영양 및 운동을 통한 신경 흐름의 관리를 잘한 경우에

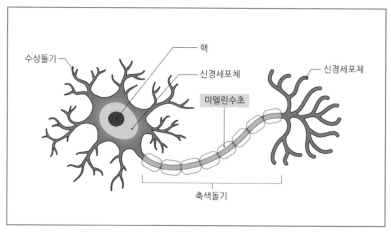

신경 세포의 구조

(출처 : 저자 제공)

는 신경 치료 반응에 좋은 결과를 가져올 수 있다. 그러나 나이가 젊어도 산소와 영양이 충분하지 않거나 구조적인 문제 때문에 신경에 문제가 생기면 신경 치료에 잘 반응하지 않고 신경통이 오랫동안 지속될 수 있다.

60대 남성이 무릎이 아프다고 내원하셨다. 2주 전에 헬스장에서 무게 운동을 한 이후 통증이 생겼다고 하셨다. 무릎이 잘 굽혀지지 않고 계단을 내려갈 때도 불편하다고 하셨다. 엑스레이를 찍어 살펴보니 연골에는 문제가 없었지만, 진찰해보니 무릎 주위 근육의 긴장감이 높아져 있었다. 일단 무릎 주위의 근육을 이완시켜 신경 압박을 풀고 나서 다음 날 경과를 보기 위해 내원하시라고 말씀드렸다.

다음 날 내원한 환자는 통증은 많이 좋아졌는데 100%는 아니라고 하셨다. 그래서 무릎 통증을 일으킬 수 있는 요추와 대퇴골을 연결하는 대요근의 상태를 확인했다. 역시나 왼쪽보다 오른쪽의 긴장감이 높아져 있었고, 촉진했을 때 심한 압통이 있었다. 대요근의 긴장은 무릎 통증뿐 아니라 허리 통증까지 유발할 수 있다. 그동안 허리가 아프시지 않았냐고 여쭤보니 맞다고 하셨다. 요추 엑스레이를 찍었더니 척추뼈 자체가 퇴행성의 진행이 많이 되어 있었다. 우측으로 척추가 측만되면서 골반도 많이 틀어져 있었다. 또한, 척추의 고유 곡선인 S라인이 없어지고 등부터 허리까지 일자 허리를 유지하면서 디스크 간격이 많이 좁아져 있었다. 요추 4, 5번 사이는 예전에 디스크가 돌출한 흔적이 남아 있었다. 환자께 무릎 통증을 근본적으로 치료하기 위해서는 허리의 문제점부터 치료해야 한다고 설명드렸고, 그다음에 내원했을 때부터 허리 치료를 병행했다. 이렇게 허리까지 치료하시고 난 후에 환자는 남아 있던 무릎 통증까지 좋아지셨다.

중추 신경에서 나온 말초 신경들은 대부분 정맥, 동맥과 같이 근육 사이를 주행하면서 산소와 영양분을 공급받는다. 그리고 근육의 움직임과 감각 등의 역할을 담당한다. 그렇기 때문에 바르지 못한 자세나 어느 특정 부위를 반복적으로 사용하는 경우에는 그 사이의 신경과 혈관들도 같이 압박을 받으면서 장기 신경 노화가 발생하게 된다.

신경 노화가 발생하면 급성기의 어느 한 부위에 통증이 시작되었다가 시간이 지날수록 여러 부위까지 통증의 부위가 확대된다. 그리고 통증의 범위가 넓어지면 어디가 원인 부위인지 찾기 어렵게 된다. 신경도 단순히 눌리는 상태에서 변성되면서 오랜 시간이 지난 만성 통증은 치료에 반응하지 않아 일상생활에 큰 불편함을 준다. 심할 경우 우울증을 초래할 수도 있다.

앞의 60대 환자도 처음에는 허리가 아파서 타 병원에서 치료를 시작하셨는데, 허리가 다 치료되지 않은 상태에서 무리하게 운동하시는 바람에 무릎으로 가는 신경에 영향을 주어 무릎 통증까지 온 경우이다. 만약 이 상태에서 허리 치료를 병행하지 않았다면 얼마 지나지 않아서 종아리, 발목, 발바닥까지 아프셨을 것이다.

초기에 통증이 있을 때 몸의 회복력으로 좋아질 수도 있다. 그런데 통증이 좋아지지 않는다면 원인을 바로 찾고, 만성화되어 전신의 통증으로 이어지지 않도록 주의해야 할 것이다. 또한 통증이 오래될수록 신경이 변성될 가능성이 있으니 조기에 치료받는 것이 좋다는 것을 기억해두자.

2 신경이 건강해야 온몸에 산소와 영양이 잘 전달된다

1년 전 오른쪽 유방암 수술과 항암 치료를 하신 50대 중반의 여성이 내원하셨다. 불편한 주 증상은 수술받은 오른쪽의 팔과 어깨 및 겨드랑이 쪽의 통증이었다. 그런데 환자는 수술 부위 말고도 양쪽 손과 종아리와 발이 저리다고 하셨다. 보통 항암 치료 후 항암제에 포함된 세포독성약물이 손끝이나 발끝의 말초 신경에 염증을 일으켜 손발이 저린 증상을 말초 신경병증이라고 한다. 일반적인 증상은 손발이 저리고, 찌릿하고 전기가 오는 느낌, 감각이 무딘 경우도 있다. 또한 물건집기가 어렵고, 단추를 채우는 동작이 어려울 수도 있으며, 변비 및 배변 습관의 변화가 생길 수도 있다. 어떤 경우는 다리의 균형감각 이상과 청력 손실이 일어나기도 한다. 항암제에 의한 말초 신경병증은 호전이 어려운 경우가 많다. 그래서 증상의 완화를 위해 손을 비벼서 자주 마사지를 하거나 쥐었다 폈다 하는 동작을 반복적으로 해서 혈액순환을 돕는 운동을 하는 것이 도움이 될 수 있다.

이 환자는 2개월 동안 주 증상 부위인 오른쪽 팔을 일주일에 2회씩 치료하셨는데, 다행히 조금씩 호전되어 2개월 후에는 처음 통증의 반 이상 호전되었다. 그러나 손발 저림 증상은 치료해도 별 호전이 없었고, 걸어다니는 것도 힘들어하셨다. 항암 치료 이후에는 한끼에 밥 두 숟가락 이상 먹기 힘들다고 하셨다. 종종 항암 치료 후 수술 부위의 통증으로 내원하는 분들이 있다. 특히 여성은 체력 저하가 심하고, 항암 치료로 인해 신경 변성으로 신경 치료에 대한 반응이 좋지 않았던 경우가 많았다.

60대 남성이 꼬리뼈 주위의 통증으로 내원하셨다. 5년 전 척추암으로 종양 및 꼬리뼈 제거 수술을 하고 방사선 치료까지 하신 상태였다. 앉아 있을 때는 꼬리뼈와 엉덩이 주위가 아프고, 잘 때도 통증이 심하다고 호소하셨다. 걸을 때도 균형 감각이 순간 깨지면서 휘청거리며 넘어진 적도 있다고 하셨다. 그동안 여러 병원에서 신경차단술을 받았지만 효과가 없다고 하셨다. 수술기록지를 보니 종양과 꼬리뼈 제거를 하면서 천골신경총이라고 하는 꼬리뼈 주위의 신경 다발이 손상된 상태였다. 환자에게 신경이 이미 손상되어서 효과가 크지 않을 것 같다고 솔직하게 말씀드리고 치료해드렸다. 수술 부위를 확인해보니 꼬리뼈 절제로 절개 부위가 10cm 이상 되었다. 다음 내원하셨을 때, 환자의 상태를 확인해보니 하루 이틀 정도 편하다가 다시 아프다고 하셨다.

신경이 손상되는 경우는 여러 가지가 있는데, 암 수술이나 항암 치료에 의한 신경의 손상도 그 중 하나이다. 통증이 있어도 신경이 손상되지 않은 경우에는 적절한 치료를 통해 신경의 정상적인 기능을 되돌릴 수 있다. 그러나 이미 손상이 생겨서 변성된 경우에는 좋아지기까지 많은 시간이 걸리고, 운동 등의 끊임없는 노력도 수반되어야 한다. 그리고 신경 손상으로 우리 몸이 제대로 기능하지 못하는 동안에는 우리 몸의 구석구석에 필요한 산소와 영양분을 공급하기가 어려워진다. 따라서 이런 상태에서는 전신의 쇠약증 및 영양소의 결핍으로 면역력도 저하될 수 있다.

암과 관련된 신경통 이외에도 우리가 익히 잘 알고 있는 뇌졸중, 심근경색, 협심증 등의 질병은 혈관이 막혀서 생기는 병이다.

우리 몸속의 혈관이 막히면 어떤 일이 일어날까? 일단, 혈관이 막히면 몸에서 가장 필요한 산소와 여러 영양소들을 공급받지 못한다. 특히 뇌나 심장 등은 한 번 혈관이 막혀 산소를 공급받지 못하면 다시 살아나기가 어렵다. 그래서 이 기관들은 문제가 생겼을 때 기능을 살릴 수 있는 골든타임이 존재한다. 언뜻 생각해보면 혈관이 막히지 않게 깨끗하게 만들면 산소 운반이 잘될 것 같지만 그렇지 않은 경우도 있다. 바로 신경이 노화되어 기능을 제대로 하지 못하는 경우이다.

예를 들어 혈관을 난방용 파이프라고 하고, 신경을 전기라고 생각해보자. 둘 다 중요하지만 전기가 없다면 난방용 파이프의 가열과 순환은 일어날 수 없다. 즉, 신경이 막히면 혈관에 신경의 명령이 전달되지 않아 혈관의 흐름이 막히고 산소도 부족해진다. 또한 장에서 신경의 기능이 둔화되면 변비가 생기거나 장이 막힐 수도 있다. 심장을 조절하는 신경 기능에 문제가 생기면 심장의 움직임이 불규칙적인 부정맥이나 심장 판박의 기능 이상 등이 올 수도 있다. 이렇게 각 장기에 관여하는 신경의 기능이 막히면 그 신경의 지배를 받는 장기에 산소와 영양분의 공급이 중단될 수 있다. 이렇게 신경의 활성도는 사람의 생명을 좌우할 만큼 중요한 것이다.

신경이 우리 몸에서 하는 중요한 역할을 살펴보았다. 그리고 이런 중요한 신경의 기능에 문제가 생길 수 있는 상태 및 질병 등에 대해서도 알아보았다. 건강은 한 번 잃으면 회복하기가 어렵다. 그러니 몸에 큰 이상이 없고 통증이 없는 상태일수록 건강을 유지하기 위해서 규칙적인 생활습관과 꾸준한 운동으로 관리하며 신경 건강에 힘써야겠다. 신경이 얼마나 잘 기능하는지가 곧 건강의 척도이기 때문이다.

빈혈이 있으면 신경이 빨리 늙는다

60대 여성이 온몸의 통증, 명치끝과 등 통증으로 내원하셨다. 150cm 정도의 키에 한눈에 보기에도 너무 말라보이셔서 몸무게를 여쭤보았다. 예전에는 43kg 정도 나가다가 최근 3개월 동안 몸무게가 빠져서 38kg밖에 나가지 않는다고 하셨다. 식사를 마음껏 하고 싶어도 음식만 먹으면 명치끝이 아프고 자주 토한다고 하셨다. 그리고 혹시 암인가 싶어서 몇 년 동안 다른 병원에서 이런저런 검사를 다 해보았지만 특별히 원인을 발견하지 못했고, 온몸의 통증은 점점 심해진다고 하셨다.

원래도 적은 몸무게였는데 최근 몸무게가 더 빠져서 조금만 걸어다녀도 너무 힘들고, 허리와 등이 특히 아프다고 하셨다. 환자가 이렇게 몸무게가 적게 나가다 보니 빈혈이 의심되는 상태였다. 몸무게가 왜 이렇게 빠지셨을까 하고 고민하다가 환자의 몸 상태와 증상을 보니 한 가지 떠오르는 병명이 있었다. 바로 상장간막동맥증후군(Superior Mesenteric Artery Syndrome)이었다. 대동맥과 상장간막동맥 사이의 각도가 줄어들어서 그 사이의 십이지장이 부분적으로 막혀 있는 상태에서 생기는 여러 증상을 일컫는 것이다. 이때 십이지장이 막히면 식사를 할 때 음식이 십이지장을 잘 통과하지 못하기 때문에 통증이 발생하고, 음식물이 통과되지 못해서 구토하게 된다. 보통 내시경이나 엑스레이에서는 알기 어렵고 복부CT를 통해 확진할 수 있다. 증상이 상장간막동맥증후군과 일치하는 바가 많아서 환자께 설명드리고 CT검사를 의뢰했다. CT검사에서 예상대로 상장간막동맥증후군의 확진이 나와서 대학병원으로 의뢰했다. 이 환자처럼 물리적으로 내장의 기능이 막혀서 흡수장애가 생겨 빈혈이 생기는 경우가 흔하지는 않다. 그리고 이런 경우 자신의 의지와는 상관없이 몸무게가 현저하게 빠지면서 온몸에 통증이 온다는 것을 알게 되었다.

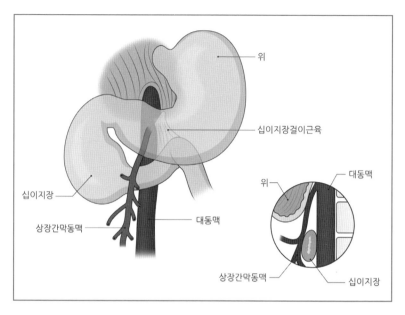

위

십이지장걸이근육

십이지장

상장간막동맥

대동맥

위

대동맥

상장간막동맥

십이지장

상장간막동맥증후군

(출처 : 저자 제공)

간혹 20대 여성 중에서 몸이 마르고, 온몸의 통증이 매우 심한 분들이 있다. 20~30대 여성 중에는 무리하게 다이어트하는 경우도 있고, 식욕억제제까지 복용하면서 몸무게를 줄이는 경우도 있다. 사회적으로도 날씬한 몸매를 선호하다 보니 외형에 신경을 많이 쓰고 무리한 다이어트를 하게 된다. 다이어트를 하면 몸에 불필요한 독소와 찌꺼기들은 배출되지만 몸에 꼭 필요한 영양소들이 결핍된다. 그래서 저체중이 되고 나서 혈액 검사를 해보면 빈혈이 심하고, 생리가 불규칙적인 분도 많다. 그렇다면 이러한 빈혈이 신경에 미치는 영향은 어떨까?

앞에서도 언급했듯이 신경이 젊고 튼튼하려면 산소와 영양분이 잘 공급되어야 한다. 그런데 나이가 들수록 식사량의 감소나 소화효소의 감소, 활동량의 감소, 운동 부족 등으로 몸이 흡수하는 산소와 영양분이 자연스럽게 감소한다. 그러나 나이가 젊어도 인위적으로 심하게 단식한다거나 운동이 부족할 때는 당연히 영양소의 부족으로 혈액의 양도 적어지고 순환이 감소한다.

혈액 안에는 적혈구라고 하는 세포가 있는데 몸속에 산소를 운반하는 기능이 있다. 만약 빈혈이 생겨 혈액의 양이 부족하게 되면 자연히 적혈구의 양이 부족해지고, 운반해주는 산소도 매우 부족하게 된다. 그리고 신경을 감싸고 있는 미엘린 수초는 산소가 부족하면 모양이 변형되고 노화가 시작된다. 그러면서 자연히 신경의 전달 속도가 느려지고 결과적으로는 신경의 퇴화를 초래한다. 따라서 항상 충분한 영양소를 공급하고, 운동을 통해 산소와 영양분이 충분히 전달되어 신경이 퇴화되는 것을 예방하는 것이 무엇보다 중요하다. 신경의 퇴화를 막는 것은 나이와 상관없이 신경통을 예방하고, 삶의 질을 높일 수 있는 좋은 예방책이 될 수 있다.

4 몸을 움직이지 않으면 신경이 퇴화한다

갑상선 자가면역질환이 있던 저자는 결혼 후 5년 동안 임신이 되지 않았다. 점점 나이가 들면서 임신이 안 되는 것에 대한 불안감이 커졌다. 하지만 여러 노력 끝에 다행히 임신이 되었다. 그런데 늦은 나이에 어렵게 가진 아이이다 보니 임신 상태에서 많이 움직이는 것에 부담감을 갖게 되었다. 산부인과 주치의 선생님도 노산인 만큼 많이 움직이지 말라고 당부하셨다. 그런데 출산 후 몸이 많이 피곤하고 면역력도 많이 떨어져서 온몸에 두드러기가 심하게 났고, 밤마다 가려워서 잘 수가 없을다. 또한 임신 기간 동안 20kg이 증가했는데 출산 후 15kg은 빠지다가 5kg 정도는 계속 빠지지 않고 남아 있었다.

그렇게 출산 후 3년 정도 육아에 전념하다가 지금 현재 운영하고 있는 마취통증의학과를 개원했다. 그런데 개원하고 나서는 시간적 여유도 없고, 정신적으로도 힘들어서 운동을 거의 하지 못했다. 그러다가 코로나 바이러스의 유행으로 외부의 헬스장이나 필라테스센터 등에서 운동하기가 힘들어졌다. 운동을 해야겠다는 의지는 있었지만 실천은 쉽지가 않았고, 출산 후 몸 상태는 임신 전보다 더 악화되었다.

아이를 출산해본 경험이 있는 엄마라면 누구나 겪는 일이지만 저자도 수면 때문에 많이 힘들었다. 출산 후 처음에는 2시간마다 아이에게 모유를 주다가 그 간격을 늘려가는 동안 수면 패턴에도 변화를 겪었다. 새벽마다 푹 자지 못하고 아이와 같이 쪽잠을 자야 했다. 그러다 보니 수면 부족은 말할 것도 없고, 이차적인 부작용으로 온몸에 심한 통증이 왔다. 특히, 아이를 매일 안아주고 일하느라 손가락 통증과 손목 통증이 심했다. 왼쪽 목과 어깨를 많이 사용해서 목과 어깨 도 통증이 심해졌고, 아이가 걸을 수 있을 때까지는 아기띠를 매일 메다 보니 어깨와 허리 통증이 심했다. 또한 자주 걷지 않다 보니 나중에는 다리도 저리고 당기는 느낌이 있었다.

코로나 바이러스가 유행하고 3년이 지나면서 이제는 더 이상 운동을 미룰 수 없어서 운동을 시작했다. 예전에 다녔던 집 근처 헬스장에 가니 관리자분이 정말 10년 만에 왔다고 하시며, 그동안 운동을 안 하고 어떻게 사셨냐고 하셨다. 통증을 치료하는 의사가 자신의 몸도 제대로 관리하지 않고 운동을 계속 미룬 것이 너무 부끄러웠다. 물론 출산, 육아, 병원 경영 등 운동을 하지 못했던 이유를 여러 가지 이야기할 수는 있겠지만, 모두 다 핑계일 뿐이었다.

10년 만에 근력 운동을 시작하니 다리가 정말 후들거렸다. 시작하고 며칠은 근육통이 너무 심하고 온몸이 아팠다. 그렇게 몇 주가 지나니 이제 운동을 하고 나도 근육통이 심하지 않았다. 전체적으로 순환이 잘되어 기분이 좋고, 몸도 가벼워졌다. 운동을 시작하고 나서는 걸음도 더 빨라지고 일상에 생기가 생겼다. 그리고 낮에 점심식사 후에는 병원 앞의 공원에서 30분 정도 햇빛을 받으며 걷기 운동도 병행했다. 낮에 햇빛을 받은 날과 받지 않은 날은 수면에도 차이가 있었다. 이렇게 운동을 생활화하다 보니 특히 허리 통증이 많이 좋아지는 것을 확연히 느낄 수 있었다. 이제라도 운동을 시작하게 되어서 정말 다행이었고, 운동의 중요성을 다시 한번 느끼게 되었다.

몸이 아프면 통증 때문에 잘 움직이지 않게 된다. 잘 움직이지 않으면 근육과 신경의 기능이 떨어지고 신경의 전도 속도가 느려지면서 노화된다. 따라서 몸의 어느 부분이 아파서 통증이 생기고 저절로 잘 낫지 않는다면 통증 치료를 하고, 운동을 통해 신경의 기능을 강화시켜주는 것이 중요하다. 신경은 운동과 훈련을 통해서 강해지고 되살릴 수 있기 때문이다. 또한 생활습관과 식습관 및 자세를 바꾸고 운동을 병행한다면 신경이 퇴화되는 것을 막고, 현재 나이보다 더 젊은 신경 나이로 살 수 있다.

눈이 많이 왔던 어느 겨울 날 40대 여성이 내원했다. 눈길에 미끄러져서 오른쪽 엉덩이가 크게 다쳤다고 하면서 타 병원에서 찍어온 CT를 가져왔다. CT에서는 오른쪽 좌골뼈에 실금이 있는 상태였다. 그래서 뼈가 붙을 때까지 절대 움직이지 말라는 이야기를 듣고 2주 정도 거의 움직이지 않고 지냈는데, 오른쪽 엉덩이뿐만 아니라 허리, 서혜부까지 통증이 심해졌다고 했다. 환자는 다친 이후에 거의 누워서 지냈는데 입맛도 없어지고 기운도 없다고 했다. 온몸이 여기저기 아프고 잠도 거의 못 잤다고 하는 환자의 얼굴을 자세히 보니 수척한 모습이 역력했고, 힘이 없고 눈 밑이 검고 매우 피곤한 모습이었다.

다행히 통증 치료 첫날은 오랜만에 꿀잠을 잤다고 좋아했다. 그 이후 통증이 좋아질 때까지는 3주 이상이 걸렸다. 그런데 3주 정도 지나자 원래 아프지 않았던 무릎과 발목이 아프다고 했다. 고관절과 서혜부 통증 때문에 보행 시 무릎과 발목에 힘을 많이 주고 걸었던 것이 통증의 원인이라고 생각되었다.

이와 비슷한 예들은 흔히 볼 수 있다. 보통 수술을 하거나 골절이 와서 손상 부위를 보호하기 위해 깁스를 하는 경우도 비슷한 통증이 온다. 깁스를 하면 그 부위는 안정화되지만 인위적으로 움직임을 못하게 제한시켜놓기 때문에 그와 관련된 신경의 움직임까지 제한을 받는다. 아무리 젊은 사람이라도 인위적으로 근육의 움직임을 제한하면 신경의 기능이 떨어지면서 더 움직이기 힘들어진다. 그래서 덜 움직이는 악순환이 반복되면서 신경의 퇴화 과정이 반복된다.

40대 남성이 2달 전에 생긴 대상포진 후 신경통으로 내원했다. 이 환자는 요추의 디스크가 터지고 나서 다리 신경통이 심해 디스크 제거 수술을 받으셨다. 그런데 수술 후에 입원하고 있는 동안 증상이 있었던 오른쪽 다리로 대상포진이 발생했다고 한다. 수술은 잘되었고, 일주일 후 대상포진의 수포도 거의 없어졌다. 그러나 오른쪽 다리의 정강이부터 엄지발가락까지 감각 저하 및 타는 듯한 통증이 심해서 걷는 것도 힘들고, 숙면하기도 힘들다고 했다.

보통 디스크가 제거되어도 말초 신경의 신경학적 증상이 남아 있는 경우는 흔히 볼 수 있다. 이 환자는 수술 후에도 말초 신경학적 증상이 남아 있는 데다가 대상포진 신경통까지 더해져서 통증의 강도가 매우 강했던 것 같다. 본원에 내원 당시 발을 절뚝거리며 걷기도 힘들어했다. 그리고 수술까지 받았는데 통증이 이렇게 지속되는 것을 이해할 수 없다는 듯이 저자에게 푸념을 늘어놓았다.

이런 환자의 모습을 보면서 고통이 얼마나 심할지 충분히 공감이 갔다. 그래서 허리부터 다리, 발등까지 최대한 신경 치료를 하고, 통증의 역치를 조절하는 신경전기자극 치료까지 병행해 두 달 이상 치료했다. 그리고 나서 환자는 통증이 10점에서 3점까지 떨어졌다. 그런데 오른쪽 다리의 통증이 좋아질 무렵 왼쪽 다리가 또 아프다고 하셨다. 그동안 오른쪽 다리로 잘 걷지 못하고 왼쪽 다리로 몸무게를 지탱하며 걷다 보니 왼쪽 다리에 무리가 온 것이었다. 이와 같이 보통 다쳐서 아픈 쪽을 쓰지 않고 반대쪽을 과하게 사용함으로써 반대쪽에 이차적인 통증이 생기는 경우가 흔하다. 더군다나 이 환자는 수술과 대상포진으로 인해 말초 신경이 많이 약해져 있는 상태에 입원까지 했기 때문에 근력 저하 및 신경 기능의 저하가 더 컸을 것이다. 그리고 한 번 통증이 심해지면 수면 및 식생활에도 영향을 미치면서, 신경에 산소와 영양 공급도 문제가 생기면서 신경 퇴화의 악순환이 반복된다.

통증 때문에 움직임에 제한이 있어서 치료를 늦게 시작하고, 또한 움직임의 제한된 시간이 길어졌던 경우는 결국 근육과 신경의 위축으로 인해 회복될 때까지 시간이 더 오래 걸린다. 따라서 통증이 있는 경우 치료를 미루지 말고 몸의 활동을 빨리 시작하는 것이 신경을 살리고 몸을 건강하게 하는 지름길이다.

5 수술만이 답일까?

마취통증의학과는 대학병원에서 크게 두 부분
으로 수련을 받는다. 하나는 수술에 필요한 마취와 수술을 하는
동안 환자의 활력징후를 유지(Vital Care)하는 부분이다. 또 하나는
외래에서 통증 치료를 하는 부분이다. 저자도 4년의 전공의 수련
동안 손가락 골절에 핀을 박는 간단한 수술부터 24시간이 더 걸리
는 심장 수술 및 간이식 수술 등 여러 수술에 대한 마취를 하면서
수술에 대한 간접 경험을 했다. 여러 경우가 있지만 꼭 수술을 하

지 않으면 안 되는 경우가 있다.

저자의 모교 K대학병원은 구로구 구로동에 있었다. 그러다 보니 근처 구로공단의 공장에서 기계 작업을 하다가 손가락이 절단되어 오는 케이스가 정말 많았다. 때문에 성형외과 교수님들과 전공의들은 많은 케이스를 경험하면서 학계에서 손가락 접합 수술 테크닉에 있어 널리 인정받았다. 손가락은 우리의 몸에서 작은 부위 중 하나지이만 수술이 매우 정교해 보통은 24시간에서 48시간이 걸린다. 특히 밤에 당직을 서고 있을 때 응급으로 손가락 절단 환자가 오는 경우가 많았다. 수술 시간이 오래 걸리기는 하지만 대부분 환자의 활력징후는 안정적이고 집도의도 비교적 여유롭게 수술했다. 그리고 절단되고 가능한 한 빠른 시간 내에 접합해야만 신경이나 혈관의 예후가 좋은 수술 중의 하나였다.

출산을 할 때 자연분만으로 출산을 하는 경우도 많지만 특정한 시간에 출산하기 위해 제왕절개로 아이를 출산하는 경우들이 있다. 대부분은 안전하게 수술이 끝나고 아이도 잘 나오지만 특별한 원인 없이 산모의 자궁 수축에 문제가 생겨 자궁출혈이 계속 나는 경우가 있는데 산모의 생명에 문제가 생길 정도로 출혈이 생기는 경우가 간혹 있어서 출산과 함께 자궁 전체를 절제하는 경우도 있다. 모든 수술에서 출혈이 많아지면 환자의 생명에 지장을 초래하므로 항상 긴장하게 되는데 출산 후 자궁수축 이상도 그중의 하나이다. 자궁수축의 이상은 미리 예견할 수 없고 수술하면서 갑자기 발생하는 일이기 때문에 집도의와 마취통증의학과 의사들도 긴장의 끈을 놓을 수가 없다. 수술 중 출혈이 많이 나는 경우 수혈이 필요하며, 실제로 자궁수축이 잘 안 되어 어쩔수 없이 자궁 전절제를 하는 경우도 있었고, 산모가 출혈로 인해 안타깝게도 사망한 경우도 있었다.

수술 중에서 가장 큰 수술이라고 하면 아무래도 심장 수술과 간 이식 등 이식에 관한 수술을 꼽을 수 있다. 두 수술의 특징은 수술하는 동안 몸안의 혈액을 몸 밖으로 돌려서 체외에서 펌프 순환을 시키는 것이다. 그리고 수술이 끝나면 펌프를 돌려 체외 밖으로 돌렸던 혈액을 다시 체내 순환시키면서 폐, 심장 등의 자발 움직임이 안전하게 돌아오는지 확인한다. 이 수술을 성공적으로 끝내기 위해 집도의는 1~2명이지만 수술실의 모든 인원이 거의 투입될 만큼 집중력과 시간이 필요하다. 정말 수술이 끝날 때까지 아무도 기침 한 번 할 수 없을 정도의 긴장감이 유지된다.

요즘 성인들의 척추를 보면 측만증이 있는 상태를 흔하게 볼 수 있는데, 성장기 아동과 청소년 또한 측만증이 심한 경우가 있다.

물론 선천적인 경우도 있지만 대부분 후천적으로 약한 근육 상태에서 잘못된 자세 등으로 측만이 오는 경우가 많다. 만약 측만의 각도가 40도 이상을 넘어가게 되면 심장과 폐를 상당히 압박해 숨쉬기가 어렵다든지 심장 기능의 이상을 초래할 수 있다. 이런 경우 어쩔 수 없이 수술하게 되는데 적게는 척추의 3~4마디, 많게는 15마디 이상 하는 경우도 있다. 구부러진 척추를 정렬해서 똑바로 펴고, 철심으로 박고 나사로 고정하는 수술 과정 동안에 출혈은 어쩔 수 없이 발생한다. 그래서 측만증 수술은 대부분 수혈을 위한 혈액을 준비하고 시작한다.

이 모든 수술은 환자의 후면, 즉 등 쪽을 절개해 이루어지기 때문에 일반 전신마취를 한 상태에서 환자를 뒤집어 시행한다. 수술이 끝난 후에는 환자를 천장을 보게 하는 자세로 돌려서 마취 장치를 끄면서 자발 호흡을 살린다. 척추 측만증 수술도 보통 3~5시간은 걸리고, 수술하는 동안 출혈이 많아 환자의 체온이 많이 떨어질 수 있고, 활력징후에도 많은 변동이 있을 수 있다. 그리고 수술 시간이 길면 길수록 마취에서 깨어나는 시간도 길어진다.

그러나 앞의 경우들처럼 정말 수술을 하지 않으면 일상생활이 불가능하거나 위험한 상태가 아니면 수술을 하지 않고 보존적인 방법을 택하는 추세로 바뀌고 있다. 예를 들면 어깨 인대가 파열된 경우도 노인분들은 대부분 수술을 안 하는 경우가 많고, 젊은 분들도 특별한 경우가 아니면 수술하는 경우가 드물다. 그렇다면 수술을 생각할 때 어떤 점들을 고려해봐야 하고, 수술 후에는 어떤 부작용이 있을 수 있을까?

수술을 고려할 때 가장 중요한 점은 통증이나 증상이 나타나는 원인이 명확한지, 수술로 제거해야 하는 경우인지 확인하는 것이다. 즉, 원인이 되는 부분을 꼭 수술로 치료해야 하는지, 아니면 수술하지 않고도 보존적으로 치료가 가능한지 확인하는 것이다. 또한 시행할 수 있는 수술에는 어떤 방법이 있는지 알아보고 수술하는 집도의를 3분 정도 만나서 어떤 선택이 좋은지 상담하는 것이 필요하다. 그리고 수술 후에 발생할 수 있는 여러 가지 부작용에 대해서도 알아보고, 수술 이후 재활은 어떻게 해야 할지도 매우 중요한 문제이다.

본원에 수술 후 통증으로 오시는 분들은 대부분 수술 부위의 유착이 심한 경우가 많았다. 그런데 수술 부위의 유착은 또 다른 통증을 일으키기도 하는데, 대부분 환자가 수술 후 오는 통증을 당연한 것으로 받아들이고 치료를 해야 한다고 생각하지 못하는 경우가 많았다. 또한 수술 이후에 1~2개월 동안 수술 부위를 조심하라는 말에 움직이지 않고 오랫동안 그냥 두면 수술한 부위가 아닌 다른 부위까지 통증이 생길 수 있다. 예를 들어 손가락 골절로 수술했는데 팔의 전완부까지 깁스를 해 움직이지 못하는 경우 1~2개월 후에 깁스를 풀고 난 후에 팔 전체를 움직이기 힘들고 통증이 오는 것도 이러한 이유에서이다.

그리고 수술 중이나 수술 후 상처 부위가 유착되면서 말초 신경이 손상되기도 한다. 그래서 수술 후에 간혹 수술 부위가 더 아프다든지, 감각이 이상해졌다든지, 저린다든지 하는 증상을 호소하는 분들이 있다. 수술 이후에 오히려 통증이 증가하고 관절의 운동 범위가 감소한 경우도 있었다.

60대 남성이 오십견 증상으로 어깨 관절 병원에서 수술을 받고 오셨다. 그런데 수술 이후 오히려 통증이 더 증가하고 운동 범위가 훨씬 감소했다고 했다. 이런 경우 원인이 되는 수술 부위는 잘 해결되었을지 모르지만, 수술 후 재활 치료가 부족했거나 수술 부위의 유착이 심해진 경우 수술이 오히려 통증의 악화 요인으로 작용했다고 할 수 있다.

그리고 수술 후 부작용 중 빼놓을 수 없는 것이 감염의 위험성이다. 수술 중 무균 상태를 유지하기 위해 수술실을 항상 소독하고 수술하기 전 수술 부위도 여러 번 소독해서 수술하지만 예상치 못한 감염이 종종 일어나기도 한다. 수술 후의 감염은 환자의 건강 상태와도 관련이 깊다. 예를 들어 면역력이 낮은 상태나 당뇨

등의 만성질환이 있는 환자는 수술 후에도 상처 회복이 더디고, 수술 부위도 깨끗하게 잘 아물지 않는 경우가 많다. 이런 환자일수록 수술 부위의 감염도 더 빈번하게 일어날 확률이 높다. 따라서 만성질환이 있는 분이 수술을 계획하고 있다면 혈당을 잘 조절하고 영양 상태도 충분히 좋게 만들어서 몸의 컨디션을 최대한 끌어올리고 난 후 수술을 받는 것이 좋겠다.

수술은 반드시 받아야 할 상황이 있고, 가장 좋은 치료가 될 수도 있지만 여러 부작용 때문에 잘못하면 위험한 선택이 될 수도 있다. 따라서 수술을 선택할 때 이러한 점들까지 신중하게 고려해서 결정해야 하고, 의사의 의견을 참고해서 결정하되 자신이 최종적으로 책임감 있게 선택해야 한다. 왜냐하면 수술 집도의의 숙련도에 따라 결과는 매우 다르게 나타날 수 있고, 수술에 최선을 다했다고 해도 예상치 못한 부작용은 나타날 수 있기 때문이다.

6 운동은 통증을 줄이는 가장 좋은 치료법이다

70세 남성이 허리부터 골반, 다리 전체가 아프다고 오셨다. 걷기도 힘들고 누워서 움직이는 것도 힘들다고 하셨다. 일단 척추 전체의 엑스레이를 찍어보니 과도한 흉추의 후만이 있었고, 디스크나 협착 등은 없었다. 그런데 진찰해보니 복부 및 골반과 둔근의 근육이 거의 없었다. 70세인 것을 감안해도 전체적인 근육량이 너무 부족해서 보호자께 식사 및 평소 운동에 대해 물었다. 그런데 몇 년 전부터 위의 상태가 좋지 않아 영양제와 음식을 잘 드시지 못하고, 운동도 거의 못 하신다고 했다.

결국 이 환자는 전체적인 근육 감소, 특히 둔근과 복근의 감소가 가장 큰 통증의 요인으로 생각되었다. 따라서 치료도 영양 섭취를 늘리면서 진행했다. 궁극적으로는 운동을 통한 둔근과 복근의 향상으로 통증을 줄이는 것을 목표로 했다. 환자와 보호자께 이러한 상황을 설명드리고 시간은 오래 걸리겠지만 이러한 과정을 거칠 수밖에 없음을 설명드렸다. 다행히 환자가 잘 이해하시고 자주 내원하셔서 몸의 전반적인 상태가 호전되었다.

통증 치료 및 영양 치료를 통해 조금씩 통증이 줄어서 3개월이 지났을 때는 80% 이상 통증이 줄었다. 그리고 걷기 운동을 조금씩 시작하셨다. 처음에는 20~30분씩 하시다가 나중에는 1시간씩 걸어도 허리와 다리가 아프지 않다고 하셨다. 그리고 일상생활에서도 큰 통증은 많이 좋아지셔서 치료를 끝냈다.

40대 여성이 어깨 통증으로 내원했다. 유착성관절낭염이라는 진단으로 2개월 전 타 병원에서 관절낭의 염증 제거 수술을 받고 재활 치료를 한 달 동안 받았다고 했다. 그런데 이상하게도 본원에 내원했을 때는 팔이 50도 이상 올라가지 않았다. 일반적으로 팔을 올리면 귀까지 올라가는 게 정상인데 수술까지 받은 분이 왜 50도까지만 올라가는지 의아했다. 그리고 수술 전 상태에 대해서 물으니, 수술 전에는 통증은 심했지만 지금보다는 잘 올라갔다고 했다. 그런데 환자의 진찰을 하고 나서 짚이는 바가 있었다.

환자는 키 160cm에 40kg의 아주 마른 체격을 가지고 있었다. 전체적으로 몸에 근육과 지방이 거의 없었다. 어깨의 가동 범위를 넓히기 위해 주사 치료 및 도수와 운동 치료, 물리 치료 등을 20회 넘게 했지만 치료 경과가 그리 좋지 않았다. 그래도 마지막 치료했을 때는 100도까지 팔이 올라갈 수 있는 상태였다.

이 환자는 비록 나이는 40대이지만 근육의 부족으로 신경의 나이는 40대보다 더 많이 노화되었을 것이다. 그리고 이차적인 원인으로는 수술로 인해 수술 부위 주위의 신경유착이 더 심해졌을 것으로 유추되고, 그래서 더욱 회복력이 좋지 않았던 것이다. 이러한 환자를 경험할 때마다 주민등록상의 나이와 신경의 나이는 차이가 많을 수 있다는 사실을 깨닫는다. 결국, 신경의 나이를 결정하는 것은 양질의 근육과 바른 자세라는 것을 다시 한 번 느끼게 되었다.

저자가 환자의 통증을 진료할 때 엑스레이에서 유추하는 통증과 실제로 환자가 느끼는 통증의 차이가 많은 경우를 본다. 어떤 분은 통증이 심하지 않을 것 같은데 실제 느끼는 통증은 심한 분이 있고, 많이 아플 것 같은데 하나도 통증이 없다는 분도 있다.

이렇게 차이가 나는 이유는 평소에 꾸준한 운동을 하느냐 안 하느냐에 따른 근육의 차이라고 생각된다. 특히 허리 통증에 관해서는 운동을 꾸준히 해서 근육량이 많은 경우 심한 측만증이나 디스크가 있어도 통증이 미미한 경우를 많이 볼 수 있었다.

50대 남성이 갑자기 허리 통증이 생겨서 오셨다. 흉요추의 측만증이 30도 이상으로 심한 상태여서 평소 허리 통증이 어떠신지 물으니 통증이 거의 없었는데, 운동을 심하게 한 이후로 통증이 생겼다고 하셨다. 매일 테니스를 하고 주 3회 헬스 운동을 하신다는데, 운동량을 더 늘렸더니 통증이 생긴 경우였다. 오히려 환자는 허리가 아파서 운동을 못 하고 있어서 너무 힘들다고 하셨다. 이렇게 측만증이 심해도 적절한 운동으로 근육이 허리를 받쳐주고 유지하게 되면 통증에 대한 민감도가 낮아지는 것을 알 수 있다. 그리고 운동이 아무리 중요하지만 자신의 몸에 무리하게 할 경우는 통증의 원인이 될 수 있다는 사실을 확인했다.

'과유불급'이라는 말이 있듯이 과한 운동은 결코 건강에 좋은 것이 아니다. 운동 전에 자신의 척추 및 몸의 균형 상태를 파악하고 적당한 운동 범위를 설정한 뒤 규칙적으로 매일 반복하는 것이 중요하다. 그리고 가장 간단한 걷기 운동도 바르게 걷는 것은 쉽지가 않다. 짧은 시간이라도 바른 자세로 운동해서 몸의 균형을 잡고, 근력을 기른다면 몸의 통증은 쉽게 오지 않을 것이다. 자, 이제부터 우리 모두 밖으로 나가서 바른 자세로 걷기 운동부터 시작해보자.

4장

생활습관을 바꾸면
통증이 좋아진다

1

한쪽만 사용하는 습관이
통증을 유발한다

40대 미용사분이 오른쪽 견갑골 사이 통증과 허리 통증으로 내원했다. 하루에 12시간 서서 일하고, 미용실을 경영한 지 10년이 넘은 분이었다. 척추 엑스레이를 찍어보니 오른손을 많이 사용해서 척추 전체가 오른쪽으로 휘어 있었다. 견갑골 사이와 허리를 진찰하니 통증도 심했다. 이분 외에도 미용을 본업으로 하는 분들이 목, 어깨와 허리의 통증을 많이 호소한다. 특히 여성들의 긴 머리를 펌이나 드라이할 때 손으로 당기면서 하는 작업이 많다 보니 상체의 근육이 계속 긴장될 수밖에 없다. 그리고 미용사처럼 계속 서서 작업하는 분들 중에서 견갑골 사이의 통증과 함께 허리와 골반 쪽의 통증이 심한 분들도 있다.

이발소를 30년 이상 운영하신 50대 남성분이 계셨다. 오랫동안 일하셔서 단골 손님도 많지만, 계속 서서 일하는 것이 힘들다고 하셨다. 그분은 주로 허리와 골반 다리 쪽의 통증이 심하셨다. 통증이 있어도 오는 손님을 마다할 수 없어서 통증을 참으며 이발 작업을 한다고 하셨다. 진찰해보니 등 후면의 척추를 둘러싼 기립근들의 긴장 상태가 너무 심했고 대요근, 장골근도 굳어 있었다. 허리 자체도 일자 허리 모양으로 변형이 많이 되어 있었고, 골반도 틀어져 있었다. 이분은 매주 쉬는 화요일 오전에 오셔서 8회 정도 치료를 받고 난 후 증상이 많이 호전되셨다.

이외에도 의상 코디네이터, 드레스 만드는 일 등 옷을 만지고, 작업하고, 옮기는 일을 하는 분들은 주로 쓰는 부위가 정해져 있다. 그리고 주로 사용하는 방향으로 통증을 많이 호소한다. 드레스를 만드는 40대 여성 환자가 있었는데, 드레스가 너무 크고 무거워서 바느질하고 장식하는 데 체력 소모가 크다고 했다. 요즘에는 다 기계로 바느질이 되는 줄 알았는데, 드레스 제작은 아직도 수작업으로 하는 부분이 많다고 했다. 진찰을 해보니 주로 사용하는 오른쪽 목, 어깨, 허리 통증이 심했고 척추도 틀어져 있었다.

이분도 일이 너무 힘들어서 잠시 쉬고 있다고 하면서 6회 치료를 받고 나서 좋아졌다.

세탁소를 운영하는 50대 환자가 계셨는데 세탁물을 직접 들고 배달하셨다. 저자가 우연히 퇴근하다가 세탁물을 배달하는 모습을 본 적이 있는데, 10벌이 넘는 옷을 한쪽 어깨에 걸치고 걸어 다니셨다. 체격이 건장하신 편이라 아마 젊었을 때부터 이렇게 직접 배달하는 것이 습관이 되신 것 같았다. 그러나 허리 통증으로 내원하셔서 허리와 골반을 진찰해보니 일자 모양의 허리에 골반이 틀어져 통증이 매우 심한 상태였다. 세탁물을 항상 한쪽 방향으로만 메고 다니다 보니 척추는 틀어지고 보상적으로 골반까지 틀어진 것이다.

운동선수의 경우도 한쪽 방향으로 신체를 써야 하는 경우에는 척추가 틀어져 있다. 이를 보상하기 위해 척추의 배열이 바뀌고 통증이 오는 경우가 많이 있다. 이렇게 직업적으로 한쪽 방향을 써서 생기는 통증도 있지만 습관으로 틀어진 경우도 있다. 앉을 때 한쪽으로 다리를 꼬는 습관이나 스마트폰을 볼 때 주로 한쪽 방향으로 사용하는 것이 그 예이다. 주로 생활습관이 굳어져서 한쪽 손을 이용해서 스마트폰을 보는 분들은 목, 어깨 근육의 비대칭이 발생한다. 이것이 오랫동안 지속되면 흉추와 요추에서도 보상 작용이 생기면서 등과 허리에 통증이 생긴다. 다리를 꼬는 습관도 대부분 선호하는 한 방향이 있는데, 이것도 만성화되면 골반이 틀어지면서 다리까지 저림증상이 올 수 있다. 이렇게 신체 한쪽의 반복적인 사용은 구조의 불균형을 초래하고, 만성화되면서 다른 부위의 보상 작용으로 몸 전체의 변형이 일어난다. 언뜻 보기에는 잘 모를 수도 있지만 거울 앞에서 목, 어깨, 골반 등의 좌우 높이를 비교해보면 스스로 몸의 불균형 정도를 확인할 수 있다.

남성의 경우, 바지 한쪽 뒷주머니에 지갑이나 휴대폰을 넣고 다니는 경우가 많다. 이런 상태에서 걷거나 앉으면 지갑이나 휴대폰이 들어 있는 주머니의 골반 쪽에 압력이 더 가해져 골반이 틀어질 수 있다. 물건이 가볍거나 작아도 지속적인 이런 습관은 골반 주위의 엉덩이 근육을 긴장시키고, 골반 통증은 물론 다리까지 저리는 증상을 야기할 수 있다.

우리가 바지나 치마를 입고 생활하다 보면 옷이 한쪽으로 돌아간다고 이야기하는 분들이 종종 있다. 이런 경우는 골반의 한쪽이 틀어져서 걷거나 움직일 때 고관절의 움직임이 비대칭으로 움직이면서 보폭이나 발의 움직임이 차이가 나면서 나타나는 현상이다. 잘못된 자세나 습관 등으로 골반의 비대칭이 생기면 어느 한쪽의 고관절과 골반 주위 근육이 긴장되면서 움직임이 많이 떨어지게 되고, 이것이 굳어지면 불편한 쪽은 보폭이 좁아진다.

골반이 움직일 때 견갑골 주위는 골반과 반대 방향으로 움직이는데, 오른쪽 발이 앞으로 나가면 왼손이 앞으로 나가게 되고 발과 손은 교차해서 나가게 된다. 이때 오른쪽 고관절이 굳어 있어서 잘 나가지 않으면 왼쪽 어깨의 움직임도 부자연스럽고 덜 움직이게 된다. 그리고 왼쪽의 팔, 어깨와 더불어 왼쪽 척추의 기립근들도 긴장도가 높아져서 오른쪽과 차이 날 수 있다. 이런 상태가 장기화되면 척추의 기립근들의 긴장도가 증가하면서 허리, 등, 목, 무릎의 통증 등으로 이어질 수 있다.

이렇게 골반의 불균형은 당장 증상이 없어도 지속되면 우리 몸의 균형을 무너뜨리고 전신의 통증으로 발전할 수 있다. 그래서 평소에 자신의 골반 상태를 잘 확인하고, 항상 바르게 하도록 하면 몸 전체의 컨디션을 많이 향상시킬 수 있다.

우리의 골반 앞쪽에 전상장골극(위앞엉덩뼈가시, ASIS : Anterior Superior Iliac Spine)이 있는데, 만져보면 약간의 높이 차이가 날 수 있다. 약간 앞으로 빠져 있는 쪽이 대체로 골반의 기능이 떨어져 있는 부위이다. 또한 다리를 들었을 때 중둔근과 대퇴근막장근의 긴장도를 비교해보면 골반이 빠져나온 쪽의 중둔근이 약하고, 대퇴근막장근의 긴장도는 증가되어 있다. 그리고 발을 꺾어서 안으로 회전해보았을 때 골반이 더 틀어진 고관절의 근육이 더 긴장되어 회전이 잘 안 된다. 앞으로 빠져나온 골반 쪽은 주위 엉덩이 근육과 다리 근육을 강화할 수 있는 런지자세 등을 반복하면 개선에 도움이 된다. 반대쪽 골반은 반대로 이완할 수 있는 스트레칭을 해주면 좌우 골반의 균형을 잡는 데 도움이 될 수 있다.

또한 골반 안에는 자궁, 방광, 직장, 전립샘 등의 장기가 있다. 골반이 틀어지면 이들 장기의 혈류의 순환이 안 되어서 장기의 기능이 떨어지고, 여성의 경우 생리통의 악화, 생리불순, 요실금 등의 증상이 올 수 있다.

우리 몸의 한 부위의 불균형으로 인해 몸 전체에 어떤 영향을 미치고, 어떤 통증을 유발할 수 있는지 살펴보았다. 사실 의학계 내에서조차 이러한 몸의 불균형과 통증의 원인을 여러 가지로 보고 있다. 발과 발목이 주 요인이라는 의견도 있고, 골반이 주 요인이라고 보는 의견도 있다. 또한 경추나 턱관절을 근본 원인이라고 보는 의견도 있다. 이것을 바꿔 말하면 우리 몸의 불균형이 오래 될수록 처음의 원인 부위는 찾기 어려울 수도 있다는 것을 의미한다. 그리고 우리 몸에서 머리부터 발끝까지 중요하지 않은 부위는 없다고 할 수 있다. 우리가 항상 생활하는 자세와 수면 자세, 일할 때의 자세 등은 매우 중요하고, 잘못된 습관으로 인한 어느 부위의 변화는 우리 몸 전체 구조의 변화와 통증을 가져올 수 있다는 점을 꼭 명심하자.

2 만성 통증이 있다면 생활습관 및 식습관을 꼭 확인해보자

마취통증의학과 전문의가 되고 나서 정형외과 전문병원에서 봉직의로 일하고 있을 때였다. 어느 날 출근하려는데 도저히 일어날 수가 없을 정도로 몸이 무거웠다. 왜 이렇게 피곤할까, 정말 몸이 이상하다고 생각하면서 각종 영양제와 홍삼 등을 보충해보고, 수액도 맞아봤지만 좋아지지가 않았다. 그러다가 결국 종합병원에서 여러 검사를 해보았는데 놀랍게도 자가면역항체가 양성인 갑상선 자가면역질환이 있는 것으로 나왔다.

자가면역질환은 현대 의학에서는 특별한 치료 방법이 없는 난치병 중 하나이다. 일반적으로 피검사에서 갑상선 기능을 확인하고, 갑상선 호르몬약인 씬지로이드를 복용하는 것이 치료법이다. 그러나 씬지로이드를 복용한다고 해서 모든 증상이 좋아지는 것은 아니다. 자가면역질환은 만성염증 상태이기 때문에 염증과 관련된 여러 증상이 나타날 수 있다. 저자는 자가면역질환이 있다는 사실을 알고 나서야 왜 고등학교 시절부터 의과대학 시절에 이르기까지 항상 피곤하고 수업 시간에 집중하기가 어려웠는지 이해되었다. 그리고 생각해보았다. '나는 왜 이런 불치병에 걸렸을까?'

훗날 영양과 생활습관을 주로 다루는 공부를 따로 하고 나서야 내 몸에 왜 이런 문제가 생겼는지 알 수 있었다. 일단 의대생이 되었을 때 공부량이 너무 많다는 이유로, 밥 먹을 시간이 아깝다는 이유로 밥을 거르고 빵으로 끼니를 대신했다. 그리고 신선한 야채나 양질의 음식은 잘 챙겨먹지 못했다. 그래서 살이 많이 쪘는데, 몸은 이상하게 더 피곤해졌다. 규칙적인 운동도 하지 못했다.

고등학교 때까지는 입시 때문에 식사를 매일 어머니가 잘 챙겨주셨는데 일단 대학생이 되고 나니 밖에서 사 먹는 경우가 많아졌다. 스스로도 식생활의 중요성에 대해 잘 알지 못해서 음식 관리에 소홀했던 것이다. 헬스나 요가 등 시간을 내어서 하는 운동은 하기 힘들었고, 걷기 운동조차 부족했다. 이러한 불규칙한 생활습관 패턴이 이렇게 큰 면역질환의 원인이 될 줄은 그때는 전혀 몰랐던 것이다.

여기저기 만성적으로 아플 때는 여러 이유가 있겠지만 장의 상태가 어떤지 한 번쯤은 확인해봐야 한다. 장은 우리 몸의 면역의 70%를 담당하고 있으므로 장의 기능이 안 좋아서 염증이 생기면 우리 몸 전체에 염증을 일으켜 목, 어깨 팔 등의 통증을 악화시킬 수 있다. 장 검사를 해보면 곰팡이균과 여러 가지 세균들이 자라고 있는 경우가 있다. 이러한 비정상적인 균의 번식이 몸 전체에 염증을 일으키고, 근골격계까지 통증을 일으킬 수 있다. 그리고 소장과 대장을 연결하는 회맹판 밸브의 기능에 이상이 있는 경우, 즉 밸브가 너무 헐겁거나 조이게 되면 이것 또한 장 염증을 일으켜 통증을 악화시킬 수 있다. 따라서 음식도 조절해서 먹는 것이 좋다. 너무 맵거나 양념이 많이 된 음식의 섭취는 줄이고, 정제된 탄수화물도 줄이는 것이 좋다. 그리고 음식물이 입속에서 충분히 저작되지 않은 채 장으로 내려오는 경우에도 장의 면역력을 떨어뜨리고 기능을 약화시키는 요인이 되므로 충분히 씹은 후에 삼키는 것이 좋다.

근래에는 '근 테크'라는 말을 자주 사용한다. 나이가 들수록 근육은 중요하고, 실질적으로 양질의 근육은 통증을 잡는 데 중요한 역할을 한다. 우리가 근육을 만들기 위해서는 운동도 중요하지만 먹는 음식과 영양제도 매우 중요하다. 근육이 단백질로 만들어지는 것은 누구나 다 아는 사실이다. 단백질은 고기, 두부, 계란, 콩, 우유 등에 많이 들어 있지만, 자신에게 맞고 먹기 좋은 단백질을 찾는 것이 좋다.

전체적으로 근육량이 좋으신 70대 여성 환자분에게 단백질 섭취에 대해서 여쭤보았더니, 고기를 안 좋아해서 대신 매일 두부 한 모씩을 꼭 드신다고 하셨던 기억이 난다. 된장찌개에 넣어 먹고, 기름에 부쳐서도 먹고, 조려서도 드신다고 했다. 매일매일 두부 한 모씩 드시니 70대에도 근육량이 잘 유지되는구나 하고 새삼 느끼게 되었다.

단백질 중 근육을 만드는 데 중요한 성분이 류신이라는 단백질인데 영양제로도 판매되고 있어서 보충이 가능하다. 그런데 단백질만 있다고 해서 근육이 잘 형성되는 것은 아니다. 단백질 외에 오메가3, 코엔자임큐텐, 비타민D 등이 근육을 만드는 데 중요한 영양소이다. 오메가3는 연어, 참치에 많고, 영양제로도 제품이 나오는데 보통 생선으로 만들어져서 비린내가 나는 단점이 있다. 그래서 복용이 힘든 임산부나 여성을 위해 미세조류로 만든 식물성 오메가3도 판매되고 있다. 코엔자임큐텐은 육류, 시금치에 풍부하고 심장과 간에도 풍부하다. 비타민D는 여름에 햇빛을 쐬는 것으로 충분할 수 있지만 겨울철의 일사량으로는 매우 부족하므로 영양제 섭취가 꼭 필요하다.

만성 통증과 떼어놓을 수 없는 것이 수면 부족과 부신 피로이다. 첫째, 인간이 잘 살아가는 데 식습관, 운동습관, 수면습관 등이 다 중요하지만 숙면이야말로 건강에 가장 중요한 요소가 아닐까 생각한다. 특히 밤 11시부터 새벽 3시까지는 염증을 낮추고 면역력을 올리는 멜라토닌, 세로토닌, 성장호르몬 등의 중요 호르몬이 분비되기 때문에 이 시간에 숙면하는 것이 중요하다. 수면의 질을 높이기 위해서는 11시 전에 잠자리에 들기와 수면 환경 조성, 그리고 바른 수면 자세를 생활화하는 것이 필요하다. 충분한 양질의 수면을 취한다면 만성 통증의 해소와 활기찬 생활에 큰 도움이 될 것이다.

둘째, 만성 통증은 만성적인 염증이 있는 상태로 우리 몸의 항염증 시스템을 조절하는 가장 중요한 부신 호르몬이 부족할 때 심해진다. 부신 호르몬은 우리 몸에서 생기는 자연적인 스테로이드 호르몬이며 생명유지에 필요한 항염증, 항알러지 작용을 하는 중요한 호르몬이다. 그러나 요즘 주위를 둘러보면 만성피로를 호소하는 분들이 많다. 흔한 원인은 정신과 육체의 스트레스, 무분별한 식품의 섭취로 인한 체내 독소의 증가, 운동의 부족이나 과다, 지나친 카페인 섭취, 불규칙한 수면 패턴, 불규칙한 식사, 휴식 부족 등이 있다. 이러한 원인들로 인해 부신 호르몬이 결핍되면 근육 생성이 저하되고 지구력과 안정감이 떨어지고, 성욕 감퇴도 일어난다. 또한 우리가 일상생활에서 스트레스를 받았을 때 가장 먼저 반응하는 호르몬이기 때문에 스트레스를 많이 받을수록 우리 몸에서 고갈된다.

부신 호르몬을 만드는 중요한 영양소는 비타민 B군, 비타민C, 비타민D, 마그네슘 등이 있고, 에너지를 올리는 알파리포산이나 글루타치온 등의 항산화제와 아르기닌 제재도 도움이 된다. 음식으로는 단백질이 풍부한 닭고기, 소고기, 달걀, 생선류 등이 있고, 양질의 기름이 들어 있는 코코넛 오일, 아마씨 오일, 견과류, 아보카도 등의 섭취가 도움이 된다. 또한 비타민B, C군은 조리하지 않은 야채에 많이 들어 있는데 버섯, 양배추, 샐러리, 토마토, 시금치, 부추 등이 도움이 된다.

통증은 갑자기 찾아오지 않는다. 불규칙한 생활 패턴으로 몸의 균형이 무너지기 시작하고, 몸이 더 이상 견디지 못할 때 만성 통증이라는 이름으로 우리를 찾아오는 것이다. 생활습관을 바르고 규칙적으로 한다는 것이 현실적으로 쉽지만은 않다. 그렇지만 노력해서 바른 생활습관과 식습관을 생활화한다면 만성 통증을 예방할 수 있다.

항상 웃는 습관은 통증을
좋아지게 만든다

환자를 상담하고 치료하다 보면 그 사람의 마음가짐이나 성격에 따라 치료 효과가 많이 달라지는 것을 경험한다. 70대 남성이 만성 발목 통증으로 오셨다. 걷기가 불편하고 힘드셔도 치료가 끝나고 귀가하실 때 항상 저자뿐만 아니라 직원들에게도 "감사합니다. 복 받으세요"라는 말씀을 하고 가셨다. 처음에는 이런 인사를 하는 분들이 흔하지 않아서 어색했는데, 이런 말을 병원 직원들에게까지 해주시니 감사한 마음이 들었다. 그리고 다음에 치료를 더 잘해드려야겠다는 생각이 들었다. 한 달 남짓 치료를 받으시고 많이 좋아지셔서 치료는 종결했지만 얼굴에 항상 미소를 띠며 평안했던 그분의 모습을 잊을 수가 없다.

조명 가게를 운영하는 60대 여성은 어깨 통증으로 내원하셨다. 직원들이 많아도 항상 물건을 드는 일이 많으셔서 양쪽 어깨가 돌덩이처럼 딱딱하게 굳어 있었다. 특히 오른쪽 어깨와 팔이 안 좋아서 한 달 정도 치료를 받으셨는데, 오실 때마다 "원장님, 제일 좋은 주사로 치료해주세요"라고 하셨다. 그리고 치료가 다 끝나면 "감사합니다. 감사합니다"를 반복하시며 고맙다고 하셨다. 이렇게 고마움을 표현하는 분들에게는 뭐라도 하나 더 치료해드리고 싶은 마음이 생긴다. 그리고 이렇게 항상 감사를 표시하고 긍정적인 말을 하는 분들은 공통적으로 얼굴에 미소가 가득하고, 치료 결과도 좋아서 빨리 회복되는 것을 경험할 수 있었다.

반대로 슬프고 힘든 일을 겪었을 때 우리는 몸과 마음이 힘들어지는 경험을 한다. 그리고 사람이 한평생을 살면서 가장 스트레스를 많이 받는 사건이 배우자의 죽음이라고 하는데, 그 때문인지 사이가 좋았던 부부 중 한 분이 먼저 돌아가신 후 얼마 지나지 않아 다른 한분도 돌아가시는 경우가 있다. 이렇듯 우리의 마음이 슬픔과 우울감에 빠져 있다면 우리 몸도 병들게 된다.

우리의 몸과 마음은 하나이다. '몸과 마음이 연결되어 있다'는 말은 살면서 들어본 적이 있을 것이다. 신경이 건강하면 몸과 마음도 건강해진다. 신경의 통로가 원활할 때는 감정의 통로도 원활하게 움직인다. 반대로 신경이 막히면 마음의 우울증과 불안한 마음이 생길 수 있다. 건강한 몸과 건강한 신경을 유지하면 마음도 긍정적으로 유지할 수 있다. 그리고 긍정적인 마음을 항상 유지한다면 건강한 몸과 신경을 유지할 수 있다. 그렇다면 긍정적인 마음을 유지하는 방법은 어떤 것이 있을까?

몸을 건강하게 만들고 젊게 만드는 방법 중의 하나가 매일 웃는 것을 생활 하는 것이다. 저자는 웃는 생활습관이 건강에 이롭다는 이야기를 처음 접했을 때 좀 의아했지만, 이것은 단순히 지레짐작으로 나온 이야기가 아니라 과학적으로 근거가 있다. 일단 웃음은 스트레스를 낮추고 면역세포를 활성화시킨다. 따라서 암이나 만성 질환의 진행 속도를 늦추고, 통증을 줄이는 데도 큰 역할을 한다. 또한 혈액순환을 촉진하고 자율 신경의 균형을 맞추고 뇌졸중과 심장 질환의 발병률도 낮춘다. 그리고 웃을 때는 행복 호르몬인 세로토닌과 엔도르핀의 생성도 증가되어 몸에 긍정적인 변화를 가져온다.

2008년 어느 여름, 저자가 신혼생활을 하고 있을 때였다. 밤 10시 넘어서 설거지를 끝내고 집 정리를 하고 있는데 갑자기 전화가 왔다. 남편이 전화를 받더니 장인어른에게 응급상황이 생겼다며 다급히 불렀다. 전화를 얼른 받아 상황을 파악해보니 아버지가 낮에 종로의 한 비뇨기과에서 전립선 비대증 절제 수술을 하셨다고 했다. 그런데 피가 섞인 소변이 나오다가 저녁부터 소변이 안 나오는데, 방광에 소변이 가득 차서 요의는 있지만 막혀서 안 나온다고 하셨다.

다행히 친정이 멀지 않아 빨리 집으로 오시게 한 후 아버지를 태우고 저자가 졸업한 K대학병원 응급실에 모시고 갔다. 진찰을 통해 요도관이 막힌 것을 알게 되었고, 응급실에서 요도관으로 카테터를 넣어 식염수를 넣고 막힌 부분을 뚫어 세척을 반복하는 처치를 받게 되셨다. 이 과정이 반복되는 가운데 요도를 막고 있었던 피떡(Blood Clot)들이 떨어져 나오고 방광에 차 있던 소변도 강제로 빼내고 난 후에야 아버지는 비로소 안도의 미소를 지으셨다.

그때서야 비로소 상황에 대해 여쭈어볼 수 있었다. 아버지는 당시 심장의 심방세동 증상으로 와파린을 복용하고 계셨는데 수술할 경우에는 반드시 와파린을 5~7일 정도 끊어야 했다. 왜냐하면 와파린이나 아스피린과 같은 약들은 혈관이 막히는 것을 방지하기 위해서 피를 묽게 만들기 때문이다. 그래서 수술 전에 복용을 끊지 않으면 수술 중이나 후에 지혈이 되지 않아 출혈이 계속 된다. 전립선 비대증 수술을 할 때도 와파린을 중지하지 않고 계속 복용한 경우는 출혈이 심해지기 때문에 수술을 진행할 수가 없다. 그런데 당시 수술하셨던 비뇨기과 원장님이 이 부분에 대해서 확인을 안 하셨는지 아버지는 와파린을 수술 당일까지 복용하고 수술을 받으셨던 것이다. 그러니 당연히 수술 부위에서 출혈이 생겨 지혈이 잘되지 않았고, 결국에는 피가 응고되면서 소변의 피떡들이 요도를 막아 수술 후 몇 시간이 지나자 요도가 막혀버린 것이다.

당시 아버지는 식구들이 걱정할까 봐 의사인 딸에게도, 어머니에게도 알리지 않고 혼자 수술을 받고 오신 것이다. 저자는 아버지의 퇴원 후 수술했던 비뇨기과 의사분과 통화하고 싶어서 아버지께 병원 이름을 여쭤보았지만 자신의 불찰이라고 하시며 끝내 병원 이름을 알려주지 않으셨다. 이제 80세가 되시고 여기저기 아프시지만 건강한 생활을 유지하고 계신 비결은 긍정적인 마음가짐과 웃음이 아닐까 생각한다. 아버지는 항상 어떤 일이 있어도 긍정적으로 생각하시고 안 좋은 일이 있어도 그나마 그 정도라서 다행이라고 말씀하신다.

40대 남성이 손가락이 아파서 내원했다. 이전에 목, 어깨, 허리가 아파서 치료를 받았던 분이다. 다행히 목, 어깨와 허리는 그동안 통증 없이 잘 지낸다고 했다. 그런데 어제 갑자기 무거운 물건을 들다가 왼쪽 검지손가락을 삐끗했다고 했다. 손가락 치료를 하고 있는데 갑자기 환자가 "원장님 K대 나오셨어요? 제가 2017년 오토바이 타고 가다가 사고가 크게 나서 왼쪽 두개골이 다 부서지고 뇌출혈이 심했는데, 당시 몇 군데 병원에 갔으나 희망이 없다고 수술을 못 한다고 했거든요…. 그런데 K대 신경외과 모 교수님이 수술해서 살 수 있다고 긍정적으로 말씀해주셔서 희망을 가지고 수술했는데, 다행히 잘되어서 이렇게 멀쩡하게 살아 있어요. 원장님이 K대 나오셨다고 하니까 너무 반가워서 이 말이 나오게 되네요" 하시며 호탕하게 웃었다.

환자는 지금은 몇 년 지난 일이라 환하게 웃고 있었지만 당시 얼마나 힘들고 절망적이었을까 하는 생각이 들었다. 그리고 사고로 피를 흘리며 몇 군데 병원에 갔을 때 수술이 불가하다, 목숨을 구하기 어렵다는 말을 들었을 때 지옥에 간 기분이었을 것이다. 그런데 K대 신경외과 모 교수님이 수술할 수 있다, 살 수 있다는 말을 하셨을 때, 지옥에서 천당으로 간 기분이 아니었을까? 그리고 오늘 진료실에서 웃었을 때처럼 환한 웃음을 지으며 수술실로 들어가셨을 것이다. 물론 그 교수님도 훌륭하게 수술을 잘 하셨겠지만 환자의 긍정적인 마음과 태도로 인해 좋은 결과가 나왔다는 생각이 들었다.

이렇게 우리 몸과 마음은 하나로 연결되어 있기 때문에 웃는 얼굴과 긍정적인 마음가짐은 우리 몸의 통증을 좋아지게 만든다. 그리고 수술을 해야 하는 극한 상황에서도 긍정적인 결과가 나오게 해준다. 만약 기분이 좋지 않아서 웃음이 자연스럽게 나오지 않더라도 일부러 웃는 것도 자연적으로 나오는 웃음만큼 몸에 긍정적인 변화를 준다고 한다. 지금부터라도 거울을 보면서 웃는 얼굴을 연습하고, 습관화해보자. 그러면 우리의 몸은 평온해지고 통증도 많이 줄어들 것이다.

4

규칙적인 생활습관으로
통증을 조절할 수 있다

예전에는 직장인들이 야근이나 일 때문에 밤을 새거나 늦게 취침하는 경우가 많았다. 요즘에는 스마트폰, 유튜브, SNS 등 영상의 홍수로 이들의 재미에 빠져 밤늦게까지 시청하는 경우가 많다. 저자도 구독하고 있는 유튜브 채널이 있는데 이 영상이 밤 늦게 올라오는 경우 내용이 궁금해 보고 자게 되면 수면 시간을 놓치는 경우가 간혹 있다.

이렇게 여러 영상을 밤늦게까지 시청하는 경우 지적인 욕구와

재미는 충족될 수 있다. 그러나 수면 중에 나오는 호르몬들이 나오지 못해 우리 몸의 균형이 깨질 수 있다. 보통 밤 11시부터 새벽 3시까지는 우리 몸에 꼭 필요한 멜라토닌, 세로토닌, 성장 호르몬이 분비되는데 이 호르몬은 성장기 아동뿐만 아니라 성인들에게도 꼭 필요한 호르몬이다. 성장이 끝난 어른들에게 하루 동안 몸에 생긴 염증 과정을 억제하고, 상처를 치유하고, 몸의 에너지를 생기게 하는 중요한 역할을 한다. 그런데 야간 작업이나 재미있는 영상에 빠져서 수면 시간을 놓친다면 아무리 좋은 영양제와 좋은 음식을 먹어도 몸의 균형을 다시 만들기 어려워진다. 특히 몸의 균형이 깨지면 온몸에 통증이 생길 수 있다. 우리가 생활하는 자세가 좋지 않아도 통증이 생기지만 호르몬의 균형이 깨져도 통증이 심하게 생긴다.

보통 출산한 후의 산모들은 신생아의 수유를 위해 1년 정도 제대로 된 수면을 하지 못하는 경우가 빈번하다. 아이가 처음 태어났을 때는 2시간 간격으로 수유를 하다가 3시간, 4시간으로 간격이 늘어나고 나중에는 8시간 이상 푹 자게 된다. 2~3시간 간격으로 수유해야 하는 경우 엄마도 새벽 내내 수유와 트림을 시키고 뒷처리까지 해야 하니 낮에 쪽잠을 잔다고 해도 그 피로감은 말로 표현하기가 힘들 정도이다.

저자도 출산 후 수유를 하면서 수면 부족으로 매우 고생했는데, 온몸의 통증은 물론이고 두드러기와 가려움증으로 정말 힘들었다. 손목도 아파서 보호대를 항상 차고 다녔고, 낮에는 자주 아기띠를 하고 다녔다. 밤에는 아이를 한쪽 방향으로 재우느라 어깨와 허리도 계속 아팠다. 이렇게 힘든 시기가 지나고 아이가 성장해 혼자 밥을 먹고 생활할 수 있는 나이가 되니 건강도 좋아지고 온몸의 통증도 줄어들었다. 즉, 규칙적인 수면과 생활 패턴으로 몸의 컨디션이 전반적으로 좋아지게 된 것이다.

수면 다음으로 중요하게 생각해야 할 생활습관이 바로 식습관이다. 우리의 몸은 우리가 먹는 식품들에 의해 이루어진다고 해도 과언이 아니다. 그런데 안타깝게도 지구의 오염과 토양 성분의 변질로 재배되는 재료의 영양소가 예전에 비해 10분의 1도 안 되는 경우가 많다. 예를 들면 예전의 사과 1개의 영양분을 얻기 위해서는 현재는 30개 이상의 섭취를 해야 할 정도로 음식에 들어있는 영양소는 현저히 줄어든 상태이다.

이처럼 재료 자체의 영양소는 줄어든 반면에 인위적인 가공 식품들이 많이 나오고 있다. 그리고 식품첨가물 또한 우리의 건강과 몸의 통증에 중요한 역할을 하는 것으로 알려져 있다. 특히 아이들이 즐겨 먹는 과자류와 사탕류에 첨가된 인공색소들도 호르몬을 교란시켜 성장과 정신 상태에도 큰 영향을 끼칠 수 있다고 한다.

그렇다면 우리 몸의 통증을 줄이는 식단은 어떤 식단일까? 간단하게 말하면 몸의 통증을 줄여주는 식단은 염증을 줄이는 항염증 식단이다. 특히 정제 탄수화물을 피하고 좋은 기름을 사용해 적절한 단백과 야채, 통곡물로 만든 음식이 좋다. 또한 음식을 조리하는 과정을 최소화해 섭취하는 것이 영양을 지키고 염증을 줄이는 식단이 된다.

항염증 식단은 여러 가지 영양소 중에서 특히 칼슘이 풍부한 식단이다. 칼슘은 우리 몸의 산성화를 막아주고 염증을 잡아주는 중요한 영양소이다. 그런데 칼슘을 영양제로 복용했을 때는 흡수가 잘되지 않기 때문에 비타민K2와 비타민D를 같이 복용하는 것이 좋다. 또한 흡수되지 않은 칼슘이 간혹 몸에 부작용을 일으키기도 한다. 따라서 음식으로 섭취하는 것이 이상적인데, 우리가 잘 알고 있는 멸치, 우유, 고기, 생선 이외에 케일, 시금치, 새싹, 상추 등의 녹황색 채소에도 칼슘이 풍부하게 들어있다. 따라서 이런 단백질과 야채를 골고루 자주 섭취한다면 칼슘을 충분히 섭취해서 우리 몸의 염증을 예방하는 데 많은 도움이 될 것이다.

수분 섭취를 적절하게 해주는 것 또한 중요하다. 수분은 우리 몸의 70% 이상을 차지하고 있는데, 수분이 부족한 갈증 상태를 느꼈을 때는 이미 수분이 많이 부족한 상태이다. 그래서 갈증을 느끼기 전에 수분 섭취를 반복적으로 해주는 것이 중요하다. 또한 땀을 많이 흘리는 계절이나 운동을 많이 하고 난 후, 스트레스를 많이 받은 후에는 전해질이 많이 들어 있는 이온음료를 충분히 마시는 것도 도움이 된다.

마지막으로 중요한 것이 규칙적인 운동습관이다. 어린이나 성인도 물론 적절한 근력과 운동이 필수이지만 노인으로 갈수록 근육의 양과 질이 모든 면에서 중요해진다. 적절한 근육은 뼈를 보호해 골절이나 타박상 통증 등의 상해 상태에서도 우리 몸을 보호해준다. 그리고 골다공증과 당뇨도 막아주며 활기찬 일상생활을 유지할 수 있게 도와준다. 그래서 운동은 심신의 안정과 행복을 주는 근본적인 요소가 될 수 있다.

매일 일정하게 걷기 운동을 하는 것은 매우 중요하다. 바른 자세로 걷기란 결코 쉽지 않다. 제대로 온몸의 근육을 쓰면서 걷게 되면 에너지 소모도 많아지고, 근육도 골고루 발달한다. 또한 걷기 운동을 통해 위, 장들도 같이 운동한다. 제대로 걸을 때는 상체의 등 쪽의 흉추들의 교차반응이 일어나게 되고 자율 신경의 움직임에 영향을 주게된다. 따라서 바른 자세로 걷기 운동만 제대로 해도 온몸의 근력 증가와 내부 장기의 운동도 병행할 수 있다. 위와 장이 좋아지면 음식물의 소화와 흡수가 잘되고 면역력이 올라가므로 통증도 좋아진다. 너무 무리하지 않는 적당한 근력 운동

또한 수명을 늘리고 활기찬 생활을 할 수 있는 좋은 방법 중 하나이다. 허리에 있는 디스크가 터져도 근력이 약한 사람보다 근력이 강한 사람이 통증에 덜 민감하고 회복도 빠르다.

통증의 예방 의학은 규칙적인 생활습관이다. 우리는 규칙적인 생활습관을 통해 많은 부분에서 통증의 진행을 예방할 수 있다. 잘 먹고, 잘 자고, 잘 배변하는 생활습관은 통증을 줄이고 건강을 지켜 병원에서 탈출하는 지름길이다.

5

척추에 가장 좋은 운동은
바른 자세로 걷기이다

저자에게는 초등학생 딸이 있는데 3~4세 때부터 까치발로 자주 걷곤 했다. 딸이 구두를 좋아해 어릴 때부터 굽이 낮고 딱 맞는 구두를 자주 신고 다녔는데, 작년에 발을 보니 아이의 양쪽 발이 변형되어 발가락이 몸의 중심에서 바깥쪽으로 돌아간 무지외반증이 관찰되었다. 순간 눈앞이 아찔했다. 항상 다른 사람의 신체 모양과 척추 등을 보는 저자가 정작 딸의 걸음걸이와 자세에는 너무나 소홀했던 것이다. 아직 어리니까 괜찮겠지라는 생각으로 그 동안 무관심하게 지나쳤던 행동이 이와 같은 결과를 초래했다고 생각하니 딸에게 너무 미안한 생각이 들었다.

그 후로 딸이 등교할 때 걷는 모습을 자세히 관찰해보니 안짱걸음으로 걷고 있었다. 그래서 바로 다음 주에 딸을 데리고 소아재활을 전문으로 하는 원장님을 찾아갔다. 걸음걸이 진찰과 함께 척추 상태도 확인했더니 흉추의 측만증이 상당히 진행된 상태였다. 평소에 자세에 큰 문제가 없다고 생각했는데 왜 이렇게 되었을까 곰곰이 생각하면서 원장님과 이야기해보니 선천적으로 타고난 측만증이 있을 수 있고, 주로 잘못된 걸음걸이로 척추가 이렇게 많이 틀어질 수 있다고 설명해주셨다.

특히, 성장기 아이들은 근육량이 적고, 부드러워서 잘못된 자세나 걸음걸이에 의해 쉽게 척추 측만증이 생기는 것을 다시 한 번 확인하게 되었다. 그래서 이후에 딸의 척추를 틀어지게 하는 생활습관을 유심히 관찰했다. 일단 등교할 때 메는 가방이 너무 크고 끈이 길었던 것 같아 작은 가방으로 바꾸었다. 어깨끈도 등에 딱 붙게 해 척추에 무리를 주지 않도록 했다. 그리고 집에서 자주 훌라후프를 돌렸는데 1년간 거의 한 방향으로만 돌려서 반대 방향으로 돌리게 했다. 그리고 신발도 원래 신던 치수보다 한 치수 큰 운동화로 바꾸어 발이 받는 스트레스를 줄이도록 했다. 걸을 때도 항상 뒷꿈치부터 힘을 주고 걸으면서 발바닥 전체를 사용해서 걷도록 알려주었다. 그리고 재활 치료 때 연습했던 호흡법과 밴드를 이용한 하체 운동을 집에서 스스로 할 수 있도록 연습했다.

그 이후로 다른 아이들은 어떻게 걷고 있는지 궁금해 거리를 지나는 아이들의 걸음걸이를 유심히 관찰해보았다. 여러 아이를 관찰해보니 까치발로 걷거나 안짱걸음을 하는 아이들이 상당히 많았다. 척추 검사를 해보면 측만증이 있는 아이들이 많을 것이라는 생각이 들었다.

어른들도 아이들과 마찬가지로 바른 걸음을 시작할 때 지금 신발이 편안한지 먼저 체크하는 것이 중요하다. 요즘 신발은 남녀를 떠나서 대부분 앞코 쪽이 슬림한 모양으로 되어 있는 경우가 많다. 이런 모양은 보기에는 좋지만 실상 발은 엄청 고생하고 있다. 발가락의 공간이 여유 있지 않으면 발 모양이 변형될 뿐만 아니라 신체의 보상작용으로 다리와 척추의 측만증을 유발할 수 있다. 따라서 발의 앞쪽 부분은 공간이 충분히 넓고, 구부렸을 때 앞쪽의 3분의 1 지점이 잘 구부러지는 신발을 선택하는 것이 좋다. 신발 바닥은 적당한 쿠션감이 있고, 뒤꿈치 부분은 잘 받칠 수 있어야 한다.

또한 발꿈치부터 앞꿈치까지 발 전체를 이용해 걷는 것이 좋다. 다리를 이용해서 걷는다는 느낌보다는 복부에 있는 대요근, 장요근과 엉덩이 근육을 이용해 복부와 다리 및 엉덩이 근육을 사용해서 걷는다는 느낌으로 걷는다. 스마트폰을 보면서 걷는 분들이 많은데, 이것은 금지해야 할 행동이다. 시선은 항상 눈높이에 맞추고 바닥으로 시선이 가지 않게 걷는 것이 중요하기 때문이다.

보행을 할 때는 발 사이에 주먹 하나가 들어갈 정도의 사이를 벌리고 걷는 것이 좋다. 발꿈치에서 발 바깥쪽, 발 중심을 통해 엄지발가락까지 힘을 주고 걷는다. 다리만 이용해서 걷기보다는 보폭을 최대한 넓혀 골반까지 회전하면서 걷는 것이 좋다. 그리고 엉덩이 근육에 힘을 주고 걷게 되면 허리 근육에 부담이 적어져 허리가 편해진다.

만약 오른발을 내디디면 오른쪽 골반이 왼쪽으로 회전되면서 왼팔이 앞으로 나가고 상체는 왼쪽으로 회전한다. 보행을 하는 것은 단순히 하체만 움직이는 것이 아니라 상체를 반대 방향으로 틀면서 몸통을 교차하는 패턴을 가진다. 이런 점을 의식하면서 연습한다면 효율적인 걷기 자세를 만들 수 있다. 이때 시선은 바닥이 아닌 정면을 응시해야 한다.

우리 신체의 무게를 상체와 하체로 나눈다면 상체가 약간 무겁다. 때문에 우리가 바른 걷기 운동을 하기 위해서는 먼저 상체

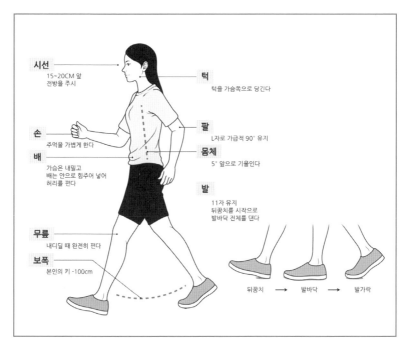

바른 자세로 걷기

가 안정되어야 한다. 그리고 앉기와 서기 자세를 바르게 하는 것
이 필요하다. 앉을 때는 발바닥을 바닥에 붙이고 골반에 있는 좌
골뼈를 세워서 앉아 골반의 아치를 유지하는 것이 중요하다. 허리
는 너무 긴장해서 펴지 않고 아랫배에 약간 힘을 주고 앉는다. 서
있을 때는 골반 너비만큼 다리를 서서 벌리고 전상장골극과 무릎
중간, 검지발가락이 일직선이 되게 서고, 무릎은 약간 구부리면서

발바닥의 아치를 유지할 수 있게 한다. 사실 우리 몸은 항상 에너지의 소모를 최소화하기 위해 본능적으로 편한 자세를 취한다. 그러나 평소에 바른 자세에 대한 인식을 가지고 연습을 자주 한다면 자세가 흐트러졌을 때 빠르게 인지하고 고칠 수 있다.

바른 자세로 걷기란 결코 쉽지 않지만 꾸준히 연습해 습관적으로 걷게 되면 여러 가지 우리 몸에 이점이 생긴다. 바르게 걸으면 몸의 에너지를 많이 쓰게 되고, 필요없는 노폐물이 빠지면서 날씬해지고 신체가 아름다워진다. 또한 몸 전체의 근육을 골고루 사용할 수 있고, 척추에 필요없는 긴장감은 줄어든다. 그리고 복부에 힘을 주고 걸으면 허리 근육 또한 튼튼하게 만들 수 있다. 이렇게 특별히 시간과 돈을 들이지 않고도 자세에 대한 의식의 변화만 있다면 스스로의 노력으로 건강하고 아름다운 몸을 만들 수 있다는 사실을 기억하자.

6

적절한 영양제의 섭취가
통증 조절에 도움을 준다

"밥이 약보다 낫다"는 말이 있다. 그런데 이 말은 반은 맞고 반은 틀리다. 물론 음식을 통해서 영양분을 섭취하는 것은 사실이지만 쌀뿐만 아니라 과일, 채소, 고기 등에 들어 있는 영양소가 예전에 비하면 턱없이 부족하기 때문이다. 예를 들면 시금치에 들어 있는 비타민C는 1950년대에 150mg이었는데 1990년에는 8mg이라고 하니 2023년에는 얼마나 들어있을지 가히 짐작이 간다. 이런 영양소의 결핍은 환경오염과 토양의 영양소 고갈에서 비롯되는데, 현재 우리가 섭취하는 음식의 영양소로는 우리 몸의 영양과 해독을 충분히 할 만큼의 양이 절대적으로 부족하다. 따라서 음식 외에 영양소 보충이 필수적인데, 특히 비타민B군과 칼슘, 마그네슘, 아연, 철, 망간, 셀레늄 등의 미네랄 보충이 우선 되어야 한다. 왜냐하면 비타민B군과 미네랄 등은 우리가 섭취한 음식을 에너지원으로 전환시켜주고 간이 해독 과정을 거치는 데 필수적인 영양소이기 때문이다. 또한 이들은 신경의 안정과 근육 이완에 도움을 주며, 부족할 때는 멜라토닌의 합성을 방해해서 불면증이 생길 수 있다. 따라서 비타민B와 미네랄은 영양소 중에 가장 우선적으로 섭취해야 할 영양소이다.

그런데 밀가루, 설탕, 지나친 커피와 차, 술 담배 등은 비타민B군과 미네랄의 사용을 소진시켜 더 많은 양의 섭취가 필요하게 만든다. 뿐만 아니라 우리가 흔히 섭취하는 여러 약들도 이들 영양제의 사용을 증가시킨다. 결핵약, 류마티스 관절염약, 고지혈증약, 항생제, 항경련제, 경구피임제, 스테로이드, 에스트로겐화합물, 위산분비억제제제, 제산제, 변비약, 진통제, 혈압약, 당뇨약, 항우울제 등이 그것이다.

특히 비타민B군은 활성형으로 섭취하는 것이 대사와 흡수율을 더 높이는데, 각각의 활성형은 다음과 같다. B1의 활성형은 벤포티아민, B2는 리보플라빈-5-인산염, B6는 피리독신-5-인산염, B9

는 메타폴린, B12는 메틸코발아민이다. 또한 근육의 에너지 대사와 통증에 필요한 B군과 더불어 중요한 원소가 마그네슘인데, 일반적인 산화마그네슘은 흡수율이 4%밖에 되지 않으므로 구연산 마그네슘이나 킬레이트 마그네슘으로 복용하는 것이 흡수율에 더욱 유리하다.

이렇게 일반적으로 섭취해야 할 영양소 이외에 자신에게 필요한 영양소를 정확히 알고자 한다면 소변 유기산 검사가 큰 도움이 된다. 소변 유기산 검사란 우리 몸의 에너지원인 탄수화물, 지방, 단백질이 분해되어 미토콘드리아에서 쓰이는 과정 중에서 생기는 대사산물을 소변에서 측정해 우리 몸에서 부족한, 혹은 과잉되는 영양소를 찾는 방법이다.

예를 들어서 A라는 물질이 B를 거쳐 C라는 대사산물을 만드는 과정이 있다고 가정해보자. 그리고 A에서 B로 가는 데 필요한 효소와 조효소를 M, B에서 C로 가는 데 필요한 효소와 조효소를 N이라고 가정해보자. 만약에 M은 충분한데 N이 부족할 경우, A물질이 B를 거쳐서 C까지 대사되지 못하고 B에서 대사가 끝나게 된다. 그래서 소변에 나오는 대사산물이 C가 아닌 B인 것을 보고 효소와 조효소 N이 부족한 것을 유추할 수 있다. 효소와 조효소는 보통 우리가 알고 있는 비타민과 미네랄이므로 결과를 보고 영양소의 처방을 개인맞춤으로 할 수 있는 것이다.

영양소의 결핍은 우리가 적절하게 섭취하지 못해서 생기는 결핍인 경우가 많고, 때로는 유전적으로 효소의 유전자 변이가 일어나서 대사가 이루어지지 않는 경우도 있다. 대표적인 예가 엽산을 대사하는 효소인 MTHFR(Methylenetetrahydrofolate reductase)의 변이이다. 이런 경우 일반 엽산은 대사가 안 되므로 활성형 엽산 형태인 메타폴린으로 섭취를 해야 한다. 그런데 만약 본인이 엽산 대사의 유전자 변이를 모르고 일반적인 엽산만 섭취할 경우 엽산과 관련된 420개 이상의 우리 몸의 대사에 문제가 생기게 된다. 그리고 이러한 상태가 장기화되면 여러 가지 질병으로 이어질 수 있는데, 대표적인 예가 심혈관 질환과 뇌 질환이다.

또한 소변의 유기산 검사로 에너지 대사의 상태를 파악할 수 있을 뿐만 아니라 신경전달물질의 상태, 산화스트레스, 간 해독, 장내 미생물 상태를 평가할 수 있다. 우리 몸의 통증과 직접적으로 관련된 대사는 에너지 대사이지만 신경전달물질과 산화스트레스, 간 해독, 장내 미생물도 우리 몸의 통증에 영향을 준다. 그래서 만성 통증이 있을 경우 일반적인 혈액 검사와 함께 소변 유기산 검사까지 해본다면 자신의 몸 상태를 구체적으로 파악하는 데 많은 도움을 줄 것이다.

비타민B군과 더불어 우리 몸의 통증을 잡아줄 수 있는 영양소는 비타민C이다. 비타민C의 중요성에 대해서는 이미 언급했는데, 특히 비타민C가 부족할 경우 괴혈병이 생겨 생명에 위험을 초래할 수도 있다. 또한 마그네슘과 더불어 부신 호르몬을 만드는 데 중요한 원료가 된다.

부신 호르몬은 우리 몸의 생존 호르몬으로서 부족할 경우 만성 피로와 면역력 저하, 알러지 반응 증가, 어지러움 등을 일으킬 수 있다. 근골격계적 관점에서 본다면 부신 호르몬의 저하는 근육을 덮고 있는 근막의 유착을 가져와서 근육통과 신경통을 악화시키는 원인이 될 수 있다. 만약 목, 어깨, 허리가 아파서 물리 치료, 주사 치료 등을 했는데 잘 낫지 않는다면 부신 호르몬의 저하를 생각해볼 수 있다. 그리고 우리 몸의 에너지 대사에 문제가 있다는 것을 생각하고 호르몬과 에너지대사를 높일 수 있는 치료를 같이 하는 것이 좋다. 그래서 통증이 심한 경우 고농도의 비타민C와 비타민B군, 마그네슘 등이 들어간 영양 수액을 맞거나 영양제를 복용한다면 특별히 물리 치료나 주사 치료를 하지 않아도 몸의 통증이 줄어들고, 몸이 이완되는 것을 경험할 수 있다.

또한 최근에 기존의 비타민C의 단점을 보완한 압타민C(AptaminC)가 곧 출시될 것으로 보여 통증 치료에도 많은 도움을 줄 것이라고 기대된다. 압타머(Aptamer)란 3차원 입체구조로 표적 물질에 특이적으로 결합하는 단일핵산으로 항체처럼 표적 분자에 선택적으로 결합하는 표적 접합(Target Binder)물질이다. 이러한 특성 때문에 압타머는 연구용 도구(Tool)로부터 진단제, 치료제 개발 등에 광범위하게 사용할 수 있는 물질이다. 특히 비타민C와 압타머가 결합한 압타민C가 체내에 들어가면 흡수율도 매우 좋고, 비타민C가 필요한 부위에 전달될 수 있기 때문에 기존의 제품과는 비교가 안 될 정도로 강력한 효과가 있다. 또한 혈액뇌장벽(Blood-brain-barrier)을 통과해 치매 치료에도 효과가 있다고 하니 앞으로 압타민C의 활용을 통증뿐만 아니라 여러 분야에서 기대해도 좋을 것 같다.

젊고 마른 20대 여성이 오른쪽 눈떨림이 자주 온다고 내원했다. 성격이 예민하고, 업무가 많아 자주 야근을 하고 밤에 잠을 잘 못 잔다고 했다. 눈떨림은 왜 생기는 걸까? 여러 원인이 있겠지만 일단 과도한 스트레스와 카페인 과다 복용, 수분 부족 등으로 인해 교감 신경이 항진되었을 경우가 가장 흔한 원인이다. 교감 신경이 항진되면 주위 혈관의 박동이 증가하고 이로 인해 얼굴로 가는 안면 신경이 영향을 받는다. 두 번째 원인은 수면이 부족한 경우이다. 수면 시에는 보통 근육이 이완되면서 세포막의 안정화가 유지되는데, 수면이 부족한 경우 근육과 신경은 흥분된 상태가 유지되어 눈떨림이 자주 발생할 수 있다. 세 번째 원인은 턱 관절의 과도한 긴장과 경추 상부의 긴장이다. 우리가 잘못된 자세로 있거나 스트레스를 과도하게 받으면 무의식적으로 턱에 힘을 주어 깨물거나 경추에 힘이 많이 들어가는데 이렇게 되면 안면 신경이 지나가는 공간도 좁아지고 신경이 눌려 눈떨림 증상이 올수 있다. 마지막으로 영양이 부족한 경우도 눈떨림의 원인이 된다. 특히 마그네슘, 칼슘, 비타민B군의 영양소가 부족할 때 신경의 안정화와 에너지 대사에 문제가 생겨 눈떨림을 유발할 수 있다.

우리가 암이나 심장 질환에 걸리지 않고 노화에 의해 사망하는 경우 90% 이상은 비타민과 미네랄의 결핍 때문이라고 한다. 비타민과 미네랄은 우리 몸의 대사를 원활하게 돌아가게 하는 효소 및 조효소의 역할을 하므로 이것들이 부족하면 대사의 진행이 원활하게 이루어지지 않고 수명이 단축된다. 또한 몸의 대사가 원활하지 않으면 통증을 일으키는 것도 당연한 결과이다. 왜냐하면 통증은 우리 몸의 어딘가에 이상이 있다는 신호이고, 대사 과정의 이상도 여기에 포함되기 때문이다. 따라서 평소에 좋은 재료의 음식으로 식사를 해서 기본적인 에너지를 공급하고, 활성 형태의 비타민을 꾸준히 복용한다면 세포의 에너지대사의 활성화를 유지하고, 통증에서 해방되는 활력 있는 생활을 할 수 있을 것이다.

통증, 마음의 메신저

제1판 1쇄   2023년 5월 24일

지은이   이은영
펴낸이   최경선   펴낸곳   매경출판(주)
기획제작   ㈜두드림미디어
책임편집   우민정   디자인   얼앤똘비악earl_tolbiac@naver.com
마케팅   김성현, 한동우, 구민지

매경출판㈜
등록 2003년 4월 24일(No. 2-3759)
주소   (04557) 서울시 중구 충무로 2(필동1가) 매일경제 별관 2층 매경출판㈜
홈페이지 www.mkbook.co.kr
전화 02)333-3577
이메일 dodreamedia@naver.com(원고 투고 및 출판 관련 문의)
인쇄·제본 ㈜M-print   031)8071-0961
ISBN 979-11-6484-559-0 (03810)